主编　凌翔

当代著名作家美文自选集

花间去

诸葛玉儿　著

中国妇女出版社

图书在版编目（CIP）数据

花间去 / 诸葛玉儿著. -- 北京：中国妇女出版社，2019.10
（当代著名作家美文自选集 / 凌翔主编）
ISBN 978-7-5127-1769-5

Ⅰ.①花… Ⅱ.①诸… Ⅲ.①散文集－中国－当代 Ⅳ.①I267

中国版本图书馆CIP数据核字(2019)第175959号

花间去

作　　者：诸葛玉儿　著
责任编辑：陈经慧　魏　可
封面设计：陈　姝
责任印制：王卫东
出版发行：中国妇女出版社
地　　址：北京市东城区史家胡同甲24号　　邮政编码：100010
电　　话：（010）65133160（发行部）　　65133161（邮购）
网　　址：www.womenbooks.cn
法律顾问：北京市道可特律师事务所
经　　销：各地新华书店
印　　刷：唐山楠萍印务有限公司
开　　本：165×230　1/16
印　　张：13
字　　数：180千字
版　　次：2019年10月第1版
印　　次：2019年10月第1次
书　　号：ISBN 978-7-5127-1769-5
定　　价：49.80元

序

暖暖的文学

终于老到了给人写序的年龄。

我不会写序，也害怕写序，尤其是给散文集作序。诸多文体中，我最害怕的是散文，最不会写的也是散文。在我的记忆里，世界上无论何种文化，无论哪一类文明，最初也最唯美的文学只有两种，一种是诗，一种是文。诗，不必讲了；文，通常指的就是散文。诗、文之后才有戏剧，我所擅长的小说是不登大雅之堂的。诸子百家时代虽有小说家立言，但终未流传文章，更未被后世列入九流，且就记载分析，那时的小说，亦非今天的小说，倒与时下的新闻报道有几分相似。

这是在古时。现在是小说的天下，在生活碎片化、网络化的今天，人们已经渐渐忘记诗，渐渐忘记文，也渐渐忘记原本的文学了。

我也差点儿忘记了，如果没有这个序。

最近一段时间，我几乎每天都要在诸葛玉儿所创造的文字里浸润一会儿，一点一点地被感动。

诸葛玉儿是位老师。之所以能够与她的文字产生共鸣，是因为在三十年前，我也是个中学老师，一如现在的玉儿，写诗、作文，梦想并尝试创造文学。

那时的我，很傻。今天的玉儿，同样很傻。

推而广之，梦想并尝试创造文学的人，都很傻。

然而，就我所知，文学从来无缘于过分聪明的人。过于聪明易障五官，易碍精神，易使人因想得过多而失去清纯，而文学正是由清而纯，由纯而真，由真而善，由善而美，由美而发扬光大，温暖人间。

读诸葛玉儿，就如抚摸美。玉儿的眼睛几乎像个摄像机，走到哪儿，看到哪儿，摄到哪儿。在她柔软的笔下，有幸让她碰到的一切都是美且纯的。一道风景，一只飞虫，一声鸣啭，一丝风动，一草一木，一花一叶，甚至一粒沙，一粉尘，无不充满情，洒满爱。对这个在别人眼中少情寡义的社会几乎没有抱怨，没有要求，更没有控诉。在这里，爱化解了一切，一如阳光，永远都是暖暖的。

玉儿也并没有完全像个摄像机般一味地去观察，去记录，而是时不时地让视线穿透时光，进入更纵深的历史空间，譬如解放广场上的合欢树，就不单单是树，还有与合欢相关联的其他，童年、雨季、妗奶、娥皇……

写作是文字般若。任何文字，只要写给人看，就是在做般若布施，就是在行菩萨道，就须做到自觉。只有自觉，方能觉他，而自觉的前提是真诚。诸葛玉儿的真诚均可见于每一行字。

常言道，不懂哲学，活得糊里糊涂；不懂文学，则活得无滋无味。因为文学是关于情感的学问，七情六欲、世道人心尽在其中。

知文学，不如做文学。而做文学，只有更好，没有最好。

真诚祝愿诸葛玉儿在文学这条道上坚实地走下去，一步一个脚印，由更好走向更好，不为任何人，只为自己的心。

寒川子

2018 年 1 月 20 日于多伦多寒舍

目 录

第一辑 小雨轻风落楝花

第二辑 小巷深深深几许

第三辑　一根羽毛轻轻飘

第四辑　预约白发的浪漫

第一辑　小雨轻风落楝花

岁月的风尘已将楝树做了伏笔，雨落花飞，一地微紫。垂眉处，湿了花瓣。循着几缕清凉的风，独自感受这浓郁的俗世繁花香。花雨纷纷，一抹情缘，道不尽千言。浅踏寻童梦，无尽的眷恋，缱绻在花掩的尘埃下，美绝一季。岁月变迁，多少次晓风残月下的落寞惆怅，喜怒悲欢；多少次的天涯远去，后会无期；多少个陌路相随，恍如隔世。在这片土地和苍穹间环绕迂回着透彻心肺的芬芳，默默勾起我隐藏起来的华章……

小雨轻风落楝花

这个四月，雨水是慷慨的，常常是在不经意间便由淅淅沥沥演变成绵绵密密，扯天连地落在枝叶上，发出“沙沙沙”的轻歌曼语。心的世界如一首散文诗，一支抒情曲，微波流转，涟漪不绝。雨滴将经年的记忆冲洗得洁净无尘，那些紫色的花蕾，永远地停留在我记忆的晴川，仿如昨日。

说不清为什么一定要在心里留下楝树的影子并珍藏着。以为永远束之高阁了，谁曾想，岁月的风尘已将楝树做了伏笔，雨落花飞，一地微紫。垂眉敛睑处，湿了花瓣。循着几缕清凉的风，独自感受这浓郁的俗世繁花香。花雨纷纷，一抹情缘，道不尽千言。

灰褐色的树干，伞形的树冠，羽状的翠叶，紫色的楝花——这就是楝树，如今在乡村都很少见到楝树了，而我们的教学楼西侧，依着温凉河畔，却有几棵楝树——我关注它们是在今年花开时节，几场春雨后，清新的空气里，裹着那种特殊的花香，循着花香觅到了它们，手心里握着一枝紫色的温柔，徘徊着，期待着，诸多心事便了无痕迹地融化在这雨花纷飞的季节里，一时间竟然泪眼蒙眬了。

远望，半树翠叶，半树繁花，风拂枝叶，似云若雾般浮在那里，随风摇曳；近观，粉紫色的花儿，米粒般大小，开得缤纷灿烂。这是怎样的热闹？像深蓝夜空中的星星，像飞瀑四溅的水花，千万朵的花儿挤在一起，在雨雾里旋起千万个酒窝。

“楝树层层细著花，日薰香暖蜜蜂卫。”楝花是极热烈的花！它们不遗余力地开，花开成云，连绵近月余，直到把春天开败，把夏天唤来。花朵虽小，花香却浓烈，那是来自骨子里的倔强。

站在楝树下面，仔细端详，它们依旧披一身翠绿，带一树碎紫的模样，像日头落下去时西天飘飞的云彩，那一种幽香是楝树淡泊的微笑，质朴而宁静。在蒙蒙细雨中，星星点点，浓淡相间，从容有度，没有半点的炫耀卖弄。楝花落处，如同铺了一层薄薄的紫毯，无怪乎王安石赞道：“小雨轻风落楝花，细红如雪点平沙。”

想起儿时，我家院里有一棵楝树，比我家房子要高很多。灰褐色的树干只有碗口粗细，树皮较为光滑，浅纵裂纹。楝树花并不像月季花那样招人眼，但花期能持续一个多月。花朵很小，花瓣呈粉紫色，在衰败的过程中，逐渐变白，四下弯曲分散，围着呈紫色棒状的花蕊向后面做着“下腰”的动作，花蕊头似喇叭口，周围呈紫色，蕊心呈黄色，布满了花粉，随着蕊的成熟，花蕊逐渐中空。受粉后的雌蕊，日后会长出楝子来。楝子先青后黄，长成后比花生米小一点，薄薄的外果皮包裹着肉质的中果皮。

我喜欢在楝树下面玩耍，看到花开，就双臂抱树，腿夹着树干，只几下就爬到树杈处，拽过树枝，揪下成串的花，扔下去，树下弟弟妹妹欢天喜地收集起来。母亲把花绑在一起，挂在门口屋檐下，或是床头，可以驱蚊。有时也把花儿扎在一起，给我们做成“楝花毽子”，和小伙伴们一块儿踢着玩儿。因为楝花香味浓郁，尤其雨后或清晨，香味飘得更远，院子里街道上到处弥漫着浓浓的香味，沁人心脾。赶集的人们从我家门口经过，都会吸着鼻子夸“好香啊”！那些日子，我也常常站在树下闭上眼睛深呼吸，非要把这花香全部吸进肺腑。

初夏，雨稀里哗啦下个不停，天地间一片朦胧。微风像母亲的手轻拂脸庞，空气中弥漫着浓郁的花香，扑面而来，让人沉醉。雨天家里大人们没办法去田里干活儿，母亲就坐在门边，一边纳鞋底，一边给我们姊妹几个讲故事，但每次只讲一半，另一半让我们去“编造”。嘻嘻，我常常是望着门前的楝树，嗅着那馥郁的花香，尽情遨游在我编织的“情节”里，好多次我把楝树也编进故事，母亲惊讶地夸赞：“不错，想象力真丰富！”故事讲完，母亲还会跟我们一起比赛背诵唐诗宋词，看谁记得快，谁记得牢……现在想想，母亲实在是一个难得的好老师，有意无意地培养了我的文学素养。

有一年楝树花开时节，我姨婆来我家了，她嘴里念叨着“四月八打楝花，男十七女十八”。我一听非缠着姨婆追根溯源：据说楝花是一种药，可用于治疗男人的梅咳气、女人的“倒开花”(现代医学上叫“子宫癌”)。这种治病的楝花不是随随便便采来就行的，需一男一女进行合作：在农历四月初八这天，十七岁小伙子和十八岁大姑娘一起去采楝花，这样得来的楝花才可以药用。哦！是这样啊！我似乎明白了，但觉得十七、十八岁的年龄离我还远着呢！不是我该操心的事！

姨婆还告诉我：楝子花开，就意味着春天的结束，所以又有“始梅花，终楝花，凡二十四番花信风”之说。所以，喜爱春天的我，每当看到楝树花落，就会生出一丝惆怅：春天过去了，夏天来了，可恶的蚊子又该猖狂了。采花采花，多备些，防叮咬，可惜这花也坚持不了多久就落了！要是楝树一年四季都开花该有多好啊！

北宋著名现代诗人梅尧臣曾赞赏楝花：“紫丝晖粉缀鲜花，绿罗布叶攒飞霞。”然而最吸引人的还是楝树结的籽粒，刚长出来的籽粒是青绿色的，圆溜溜，比较光滑，看楝子这么诱人，忍不住问母亲好吃吗？母亲头也不抬地说："你自己试试就知道了。"当咬开硬邦邦的楝子后，苦涩得龇牙咧嘴，再也不敢吃它了。不过，爱玩儿是孩子们的天性，于是"楝子枪"就横空出世了：截取一截竹管，在一头的关节处留个小洞，另一头是插筷子的，把筷子圆的一头包一层布，试试能否插进竹管（这要严丝合缝才好）……枪做好了，就在竹管有小洞的一头，把楝子塞进小洞，在光滑的石板上蹭几下磨平了（确保楝子把小洞塞严实），这样把筷子从后面轻轻拔出一截，再猛地向前一推，楝子就飞了出去。

楝子枪的出现当然惹祸不少，今天打着李家二小子了，明天张家小妞妞又被打哭了……尽管没少挨家长骂，但是孩子们还是"狗改不了吃屎"，只要有空就玩儿，总能从楝子枪中找到乐趣的。女娃娃们会把楝子用线串起来当翡翠珠子挂在脖子上臭美，男娃娃们用楝子玩"丢窑儿"的游戏。

楝树上有时会有"花豆娘"出现！这种小昆虫，椿树上最多。它们长得很漂亮：一双小眼睛，长长的刺吸式口器紧贴着肚皮，真正漂亮的是它的翅膀，有两层，里层是红黑相间，上面印染着黑点点以及白色的图案，就像一层美丽的纱衣，外面像是半透明的翅翼上随意地撒上了黑点点，上面稀疏，下面密集，就像穿着一件素雅的罗裙，大自然造物可真是巧夺天工。每当逮到"花豆娘"就会边玩儿边唱童谣："懒婆娘不干活，又穿纱来又穿罗。""花豆娘走娘家，刮风下雨都不怕，人趁人的伞，我趁我的瓦陡脸。"童谣伴着童年，乐趣自是无限。

走过繁花似锦的暮春，走过绿树成荫的盛夏，走过清风送爽的金秋，天寒地冻的隆冬来到了，寒风像刁蛮任性的小女子，充满了狂野和不羁。乡下的孩子们的手，常常会被凛冽的寒风吹得皴裂，裂开血口子，看着都疼。在那个物资匮乏的年代，想要在手和脸上涂抹雪花膏（一种旧式保湿霜）实在是一种奢侈，母亲自有办法，吩咐我去楝树上采摘金黄金黄的楝子。这时的楝树，叶子已经落光，枝头挑着成串的楝子，黄灿灿的，像一个个小金铃成串地挂在树梢。落在地上的楝子，皮儿已经有些褶皱，不过没关系，母亲会在脸盆里倒上滚烫的热水，取出十来颗楝子泡在热水里，泡到饱胀得圆鼓鼓时，种皮已经软化，剥开种皮，用那层果肉来涂抹手和脸。爱美的我因为那果肉味道难闻，哭着闹着不让涂抹。但细嫩的皮肤终究挡不住寒冬的侵袭，直到手和脸都皴裂了，母亲就不再听我哀求，一把扯过来就涂抹。说也奇怪，没几天，手和脸都光滑柔嫩了。自此以后不再抵触，爬树采集楝子成了我冬天必做的一件事，而楝子也陪着我们全家度过了一个又一个极冷的冬天。

喜爱楝花的繁密，喜欢楝子带来的乐趣，但楝树给我的保护也是被永远铭记的。由于儿时调皮，没少惹祸，只要别人来家里告状，一顿打是休想逃过去的。起初挨打时不敢逃跑，锥在原地死受。后来打急了，蹿到院子里，知道跑不过母亲，就灵机一动，爬上楝树，坐在树杈处，母亲在树下气得团团转，满腔的怒火发不出去，就操起一根竹竿向树上捅我，我怕挨打，不顾危险急急往树梢爬去，树枝太细，禁不起我的体重乱摇晃，树枝有可能会断掉……母亲肯定知道这树木质太脆，怕树枝折断了我会摔下来，就在树下大喊："你做错事了，知道吧？"我抽泣着说："知道……""那你就得有承担，为自己的过错接受惩罚！今天不打你了，你去干活儿，将功补过！"尽管如此，还是不敢轻易下树，凭经验判定：母亲在用计策骗我下来，倘若下来后，更是一顿暴打！但假如父亲赶巧也在家，那就另当别论了，父亲是一定会保护我的。这么思忖着，就待在树上了，身边的楝花或者楝子就成了我的玩具……后来再要挨打，就爬上楝树，母亲气得要把树锯掉，我只好哀求："别锯树，我不爬树了，站着让你打还不行嘛！"如今想想：我对楝树的钟爱，真的是因为它曾无言地给予我很多庇护吧！

来到城市后，楝树渐渐淡出了我的记忆，直到重新闻到这特别的花香，注意到它盛开的模样，才更深层地品悟到它的内涵：选择这样的时节盛开，注定是孤独的，它没有去凑春天百花齐放的热闹，也没有等到仲夏时节与荷花争芳斗艳，她有自己的主张，她有自己的芳香，真实而不夸张。

想那紫陌红尘，满树紫碎花朵，暗香扶风，坠落一地。雨丝迷离，流年喧嚣，它却在此静默。寻梦中，无尽的眷恋、缱绻，在花掩的尘埃，美绝一季。真没想到，多年后，繁花铺径时，却还能领略到楝花清芳的凄美。岁月变迁，多少次晓风残月下的落寞惆怅，喜怒悲欢；多少次的天涯远去，后会无期；多少个陌路相随，恍如隔世。在这片土地和苍穹间环绕迂回着透彻心肺的芬芳，默默勾起我隐藏起来的心香……

雨丝依旧淅沥如昔，楝树依旧风姿如昨。涤净了前世的尘，今世的风，决了相思的堤。折一枝花叶，任凭它痛了指尖碎了心。每个人都有一个开花的季节，那绿生生、紫薇薇的日子，怎么可以忘记呢？

好一树楝花，你引起我多少芳香的记忆啊！

素颜清骨白玉兰

时令刚入三月，滨河路上的白玉兰便竞相开放了：灰白苍虬的枝干上，没有一片叶子，落寞的身躯似乎还在沉睡，而洁白的花朵确如天使翅翼般或含苞，或舒展地挂满枝头，一簇簇白色，如同冰花般绽放，冷冽中透着清新。

佛说：花开，只为缘。这个可爱的世间有很多美好的东西，而真正能够驻留心间，彼此相怜相惜，历久弥新的事物毕竟不多。我呆呆地凝望着她们的身姿，把遇见她们称为缘分，白玉兰于我——不是同类的吸引。

看到这大朵大朵盛开的花，我不禁惊叹：世上怎么会有这样洁白如玉的花！那花朵，盛开的，有碗口般大小，有着少妇般成熟的风韵，袅袅婷婷立于枝头，嫣然巧笑，让你心旌摇荡；欲伸手抚摸，可惜树太高，只能仰观，她们则在眼前不远处笑得花枝乱颤；那些含苞待放的蓓蕾，深掩少女的羞涩，静静地躲着，好似一双双清澈的双眸在花苞间朦朦胧胧地扑闪着，把那潋滟的心事深埋心底，欲说还休，不由得拨起心底最温柔的情思来。

仔细看去，玉雕般的花瓣上，似乎有柔风拂过的痕迹，还有细雨轻吻过的唇痕，让人分外地怜惜。花瓣的基部，晕现出浅浅淡淡的绛色，定是嫌白色太单调，而轻施了胭脂吧？看她们在阳光下婴儿般嘟起唇角，“倏”地一笑，立刻便醉了你的眼；看她们在软风中窈窕一摇，婀娜一颤，便迷了心窍。带着露水，盈盈摇曳，或浓或淡，缕缕馨香，若有若无，萦绕鼻翼。深吸一口，沁人心脾，通身的细胞都舒张开来，迷迷醉醉间，恍然已身在仙界，浑然忘我了。

一夜春风频顾，吹开琼花满树。
素颜凝玉骨，盈盈玉人如诉。
谁妒，谁妒，我自高洁风度！

每年早春，沧桑的虬枝上那朵朵洁白的花儿总会令我驻足，令我期盼，成为春季中除了垂柳，另一段让我欣赏的优美旋律。而玉兰，也从未辜负我的痴盼：她们不畏春寒的料峭，不惧残冬的余虐，款款而来，姗姗停留，不矫揉，不造作。把积蓄一冬的柔情蜜意，在短暂的春光中尽情释放。

宋代诗人卢梅坡有诗云：“梅须逊雪三分白，雪却输梅一段香。”殊不知，眼前的玉兰花既不逊雪之白，又不输梅之香，是二者优点与美德的兼具。正因如此吧，雪花望而落荒而去，梅花羞惭慌忙收拾残妆闭门谢客了。

白玉兰似大家闺秀，端庄俊逸，优雅高贵。用“玉雪香脂”赞誉她们是名副其实的。明代诗人文徵明有诗云：

绰约新妆玉有辉，素娥千队雪成围。

我知姑苏真仙子，天遗霓裳试羽衣。
影落空阶初月冷，香生别院晚风微。
玉环飞燕元相敌，笑比江梅不恨肥。

这首诗，不惜动用最华美的霓裳羽衣来比拟白玉兰的飘逸，更毫不吝啬地用四大美女中的“玉环飞燕”来比喻白玉兰雅致莞尔的笑靥。花朵开得大大方方，婷婷然伫立枝头，其优雅、傲然、展望的姿态，像极了不食人间烟火的仙子，神形仙姿，举手投足间，风韵自然天成。经过了一年的能量积聚啊，厚积而薄发，将一怀侠骨柔肠张扬到了极致，不觉间已醉千年。

“人世间有百媚千红，我独爱，爱你那一种……”人世间，花花草草琳琅满目，香味也不下万种，她却选择了清淡；世上万事万物，颜色不下千种，她却就只用了最纯洁的白色。有谁知道，此花的前世，经历过怎样的风雨交错，寒霜酷暑？应是见惯了繁华宠辱、悲欢离合，故在今生，才如此安于孤寂，冷暖无伤，宠辱不惊。

白玉兰似巾帼侠女，从容淡然，与世无争；白玉兰似吉卜赛女郎，豪爽奔放，激情澎湃。也许昨天，你还没有在光秃的枝丫间发现她，也许一缕春风抚摸，一夜春雨的滋润，几缕太阳的温存，她就倏然开放了！在不经意间，给你一个大大的诧异和惊喜！

拥有过，失去过，美好的，凝驻心间；怅然的，飘散云端。幽然含笑，不争宠，不献媚，只默默释放自己的满腔芳情，始终笃信：有缘人的脚步，终会为她停驻！于是，在苍凉的初春，淡扫蛾眉，携一柄利剑，劈寒斩霜，栉风沐雨，兀自涂成一卷风流，飒爽地立于早春的凛冽中。

我想：也许玉兰花知道自己生命短暂，报春晖的机会太少吧，所以，一开就开得决绝，开得轰轰烈烈，开得酣畅淋漓；绝不胆怯，绝不畏缩，绝不犹抱琵琶！在属于自己的时光，尽情展现自己的美丽：要开就张开笑脸，倾城一笑，风中曼舞，绝不扭捏作态；要开就毫无保留，倾囊而出，散尽芬芳；就算凋谢，也谢得雄浑壮美，舍弃枝头，纵身一跃，义无反顾！任凭世人唏嘘惋惜。

诚然，白玉兰花期短，但灿烂过，壮美过，没有辜负自己的梦想，没有辜负爱她的人的期盼，又有何憾呢？多像人的青春啊，短暂，但无比美丽！爱过，恨过，奋斗过，便无怨无悔。毕竟，花开，只有一季。毕竟，青春只有一次！

我痴痴凝望白玉兰，读这首无字的诗，听这曲无声的歌，想那难诉的心事……蓦然，我站成一棵开满白玉兰花的树，沉静盈香，花开含泪，花落无痕，拼上一世真情。不觉间，竟潮湿了脸颊：“素面粉黛浓，玉盏擎碧空。何须琼浆液，醉倒赏花翁。”

樱花雨淅沥沥

在南阳，樱花并不多见，人民公园倒是有处樱花园。恰巧我的居所离公园挺近，晚饭后我喜欢散步——在繁华的闹市，公园当然是最好的去处了。几日前发现樱花树上已经挂满了花苞，好多已经饱胀得像是马上要破裂似的。于是心里生出几丝兴奋和期盼：今年一定不能再次错过花期了。

适逢二月二，春雨绵绵而下。正是早春，春寒料峭时，春风仅有一丝暖意，挟着蒙蒙细雨飘飘洒洒从天飞降，轻烟般的雨雾朦朦胧胧，丝丝细雨均匀滴落在樱桃树粉红的花苞上，滴落在一畦畦碧绿的菜叶上……仿似一幅水彩画，充满了诗情画意。

去公园看樱花!

这场春雨，给久已萧瑟的公园带来了生机与活力。樱花园内几株樱花树抖擞起精神，捧出万千朵花儿，有白的、玫瑰红的、粉红的，虽然颜色不一，但朵朵娇嫩动人，惹人喜爱。她们在雨中轻轻摇曳，风姿婀娜，妩媚多娇，浅浅脂粉，清雅秀丽，宛如古典女子的笑靥，让人心动神摇。

走近樱花，迎面扑来阵阵清香。樱花本来色、香都很淡，但是一旦盛开，就比桃花更娇嫩，比梅花更芳醇。我沐着花香，细细地欣赏：樱花的花瓣，片片都粉白粉白的，隐隐约约还透出一丝粉红。单看一朵，有独特的美；通观一树，有奔放的美。花朵烂漫似云霞，花香四溢到天涯。枝头的樱花看起来很娇美，轻轻一碰，她们就会坠落，扑扇着轻盈的翅翼，在空中划出一条亮丽的曲线条，好像粉衣女子在翩翩起舞。随后，它们无限眷恋地轻轻飘落在地，无声无息。陡然觉得樱花飘落那一瞬间，美丽中带着一丝凄婉。

久立凝视，浮想联翩，不禁吟起周总理的一首诗：

樱花红陌上，杨柳绿池边；燕子声声里，相思又一年。

因为正是樱花开放的时节，我把这场雨叫作“樱花雨”—— 她对大地万物的滋润，犹如温情慈祥的母亲，默默奉献，不求回报。樱花雨在悄声地低语，又似悦耳地倾诉。“随风潜入夜，润物细无声。”她悄然而至，滋润着万物。静心聆听，一个个水灵灵的音符，正在演奏着一首婉约缠绵，悱恻回环的轻音乐。“滴沥，滴沥……”在她的引领下，树木的爆青声，梨花的盛开声，鸟儿的欢鸣声，锦鲤的拨水声……和谐融洽地交织在一起，不正是一首春之歌吗？

樱花雨是透明的，透明中辉映着多彩。她如同一位擅长着色的丹青高手，让大地色彩斑斓。我想象着……春雨洒在柳树上，柳叶一片鹅黄和浅绿，那是怎样的绿啊！绿得悦目，绿得舒心，绿得娇嫩，绿得生机盎然；雨儿滴在桃树上，桃花张开了粉嫩的笑脸，那是怎样的粉红啊！如九天仙子害羞时脸上骤现的红云，胭脂般可人；雨儿飘在油菜花上，油菜花披上黄灿灿的外衣，那是怎样的黄啊！如果再浓一些，就缺了一种明丽与烂漫；如果再淡一些，就少了一种淳朴与厚重；雨儿落在梨花瓣上，梨花镶上了一层水钻，晶莹剔透，是怎样一种心动的纯洁啊！雨儿润在不知名的野花上，瞬间变作淡紫的、素白的、嫩黄的、洋红的……花儿竞相开放，大地一片蓬勃生机，一片跃动的活力。徜徉其间，犹如走在镶着花边的绿地毯上，轻柔柔，软绵绵……

樱花雨是无形的，曼妙而多姿。她定是王母娘娘妆洗时不慎跌落了香水瓶，散作点点滴滴的琼浆玉液，飘洒人间：像牛毛、像花针、像细丝、像薄雾、像轻纱、像烟云……迷蒙蒙的雨丝给人带来了美妙的视觉享受，似水柔情使人产生诸多遐想——也许你会想到要和心爱的人一起到山色空蒙、杨柳依依的西子湖畔走走，体验一下断桥相会那荡气回肠的经典爱情故事；也许你会想着一个人到乌镇悠长寂寥的雨巷中，寻觅那结着幽怨的丁香姑娘；也许你会想着去烟雨江南的西塘，摇一艘古老的乌篷船，穿梭在雨帘中；也许你会想着坐于长廊八角亭内，面对潇湘雨竹，品一盏香茗，浓墨挥毫填一阕诗词；也许你会撑一柄有着小碎花的油伞，在洁净的小镇上踏雨而行，静听雨点打在青石板上平平仄仄的韵脚……

爱这如诗般的樱花雨，她丰富了我笔下的诗行；爱这如画般的樱花雨，她缤纷了我素白单调的心野；爱这娇嫩的樱花雨，她润酥了我冰封一冬的心事……

我愿走进这樱花飞舞的雨幕中，随她一起俊逸地飘洒，变成润物无声的琼浆玉液。

樱花雨淅沥沥，如丝如缕飘向大地，织起巨网无边际；樱花雨淅沥沥，在绿叶上凝聚凝聚，汇成串串水晶。樱花雨亲吻着柳叶，柳丝轻扬，似在摇篮里熟睡；樱花雨爱抚着花瓣，花儿张开嘴，沉醉……

樱花树下赏春雨，别有一番情趣：朦胧的樱花雨蓦然幻作婀娜多姿的少女，轻轻舞动着柔软的腰肢，亲昵着你的黑发，长吻着你的脸颊，跟你喁喁低语……

邂逅一架紫藤

水渡花藤紫，涵池一脉轻。
孤清犹喜静，淡雅正怡情。
冷月着颜色，微风动紫铃。
香悄人不觉，只影对浮萍。

当赤道暖流翻过高山，越过平原，抚过大地的时候，沉睡了整个冬天的宛城，打了个哈欠，伸了个懒腰，随着万物复苏了。

是谁打翻了春的花篮？让整个春天像打开的“潘多拉盒子”，放出了一批批精灵，都汇聚四散在这个欲说还休的三月：曾经枯黄的野草在一个月的时间里被疯狂的绿色取代了，置换了冬季里整片枯黄的草地；光秃秃的树枝在漫不经心下把绿色的叶子铺满了整个天空；含苞待放的花蕾也在花枝招展过后被一场春雨打落得满地残红。

春意，在三月的空气里可着劲儿地涌动。我便在春意朦胧的三月邂逅了一架紫藤。

那是三月初的一个黄昏，我饭后去散步，在公园九曲桥西侧，有架紫藤光秃秃地裸着枝干，静静地立着，很寂寥的样子。此时，初春的气息已在空气里弥漫，道路边的法国梧桐已显露绿意，桃李早已在枝头筑起了花巢，隐约有阵阵花香缭绕在身边。人工湖北边，几树早樱也已含苞待放，正准备释放氤氲了一个冬季的灿烂。而紫藤，就如早已失去生命般静静地枯萎着，即使享受着微软的春风，也是一动不动。

“它该不会是死了吧？”我这样想着就走近它，抚摸它。它有着遒劲的主干，即便生为藤本植物，也丝毫不逊色于某些乔木的树干。从碗口粗的主蔓上透出历经风刀霜剑的沧桑，黑褐色的藤蔓上挂满了裂口与枯皮，就像久经战火的伤口上缠满了绷带，而分出的枝蔓密密实实，不难想象它开花散叶时的繁盛景象。此刻枝蔓也是静静的，我轻折一小枝，发现折口处迸发出活泼的绿色汁液。哦，它还活着。只是不知为何，这般沉得住气，迟迟不肯出来回应春的召唤。哼！看你能绷到什么时候！

这以后，我只顾贪恋桃夭李艳，渐渐地忘了它……

一个清晨，我在曦光中穿过公园去上班，却被突兀出现在眼前的一片粉白震撼了。“忽如一夜春风来，千树万树梨花开”便是这样的景观吧！樱花园里的樱花都在前一个夜里彻底绽放，像骄傲的孔雀抖擞开美丽的羽翼，向人们尽情展示自己的美丽，开得自由灿烂，在晨风中肆意地舒展妖娆的身姿，把整个园子都映照得格外明媚，而芳香早已溢满了整个园子。

在转身离去的刹那，我注意到了人工湖边那架紫藤，它依旧安静地蛰伏着，不急也不躁。我不禁微生怒气：看你能睡到什么时候！

接下来的两周，这种万紫千红总是春的热闹充斥着整个公园。紫荆花开了又败，桃花和早樱也都在突如其来的一场春雨后陨落了容颜，满地残红，遍地花殇，便是晚樱，也都渐露粉嫩。而那架紫藤，安稳如初。

又一个黄昏，夕阳在极遥远的天边泛着光晕，光影流年里，好像有诉说不尽的故事。我手捧一本书走在这条已踏了十几年的熟悉小道上，回味着书本里那个凄美的爱情故事不想自拔。有一刻，似有一阵淡淡的清香钻进了我的鼻孔，静静的，毫不惊扰人。我驻足呼吸，是的，整片静止的空气里都溢满了淡淡的香味儿，如兰似桂，是紫藤！我蓦然醒悟。抬头，见头顶的藤蔓上挂着几串花蕾，像倒立的古塔，早开的几朵正羞涩地玉立在光晕里。

呵，千呼万唤，在三月的末尾，你送我一个长久等待后的惊喜——清香，这是我在这个春天闻到的最陶醉的味道呢！

夕晖里，空气是安然静默的，不知是不忍心惊扰这初生的花骨朵儿，还是本就如此平淡若素。花串依然安谧，一如亘古的枝蔓。许是花骨朵儿才成型不久，所以还见不到繁盛的风光，但这香味儿已让我难以忘记了。那些曾经花枝招展的桃红李白，除了引人眼球的色彩和短暂的花期，现在似乎什么也没有留下。

到了三月末，一直有明媚的春光。紫藤花渐渐地开满了整个枝头，大串大串的像紫色的风铃。一阵风过，便摇响了轻柔的曲调。香味儿也越来越浓，弥漫在整个园子里，随风飘向更远的远方……园里的晚樱也终究敌不过时间的流逝，快要落尽了。粉红的花瓣铺满了大片的地面，也随风起舞，余几朵孤零零地躲在茂盛的叶子里，暗自叹息。而紫藤花静静地开着，安静得像个处子，只散发出幽香，却并不招摇。在有风的时候，她摇动自己紫色的裙摆；没风的时候，她就安静地装饰着这一片风景，我不禁低吟：

紫藤花绽满庭芳，怒放娇颜梳靓妆。
袅袅丽姿摇玉影，款款莲步生暗香。
流连花下魂痴醉，徘徊梦中美无双。
挥笔兴来诗文赋，等闲莫教负韶光。

三月跳跃而去，进入四月的紫藤也一天天开得欢实，却与热闹不搭界。我有些好奇，为什么少有人与她合影，甚至为她拍照的人都很少。而曾经开在同一个园子里的樱花吸引了不知多少青春男女拍照合影。这好像就是她，本性出演，不争不怒，不吵不闹，也不矫揉造作。在百花绽尽之后才慢慢舞开紫色长裙，一层层，从三月开到四月，只让香气越飘越远。

我越发喜欢这一架紫藤了。安静、温柔、坚强、大气。有柔嫩的花朵儿，也有遒劲的枝蔓，这是力与美的结合，也是刚与柔的写照，像一个树仙，在红尘中安静地修行，把美好的品德馈于人间。

有一天，我突然看到了一个与紫藤有关的凄美爱情故事：说曾有一对真心相爱的男女，因家庭阻挠而双双跳崖殉情。后来，在崖边长出了一棵树，树上绕着一株藤蔓，开出紫色的花朵。当地人于是把这种花叫作紫藤花，作为女子的化身，而树则是男子的化身。喻为二者相依而生，不可独活。而这架紫藤，没有粗大的树木可以依靠，只是用遒劲的主干把枝蔓送上了廊顶，在每一个春天里奏一曲琴瑟和鸣。这主干更像是男子的化身，而紫色的花朵才是女子的依附之所。他们于红尘中爱恋，静静地相守着自己的幸福。

紫藤，开在明媚的春光里，从花串儿的底部开起，一层层铺开来，开成了海洋，静静地装扮着公园的一角，开得久远，开得真实，开得低调，开得芳馨，香了整个公园，香了品质、香了灵魂、香了传说……

仙子飘然出琐闹，轻盈玉影带重晖。
迷离小径香帏落，隐约青枝紫雪飞。
绝色休沾尘与土，纤姿岂绕是和非。
丝绦缕缕空垂挂，绾住春风不忍归。

梦里一枕槐花香

去洛阳王城公园看牡丹，在各种浓郁的花香里，一缕若有若无甜丝丝的香气飘来，是槐花香！对，就是记忆深处的丝丝槐花香！

循着香气绕到河对岸，几株老槐，一片明艳。枝叶间一串串小白花像女孩儿的耳坠，聚在一起，如云似梦。一枝低垂，轻轻凑过去，朵朵槐花的两片翅翼展开，托着两片合拢的娇小花瓣，就像一只只雪白的蝴蝶，又如娇羞的女孩。闭了眼深呼吸，一股甜香沁人心脾。小心翼翼地摘下一片花瓣迎向阳光，花瓣洁白得近乎透明，纤细的花蕊顶着鹅黄的花粉，甜甜的馨香，让人神清气爽。

这千万朵花哦，聚集在一起，声势浩荡，有一种惊心动魄的壮美，看着这满目诗意，不禁口占一律：

四月枝头染墨装，肌肤若雪好张狂。
翩翩佯作蝶飞状，淡淡犹如兰沁芳。
小巷长街妆素色，深山野岭孕琼浆。

真心醉尽千家客，谁道槐花不胜场？

吟哦间，一种久违的亲切油然而生，眼里竟有了丝丝泪光，这甜香变幻成纤巧手指，拨动记忆的琴弦……

童年时，老家后院有道河沟，沟两岸的槐树极多。初春，我常常守在槐树下，阻止别人捋走新长出的嫩叶喂牛羊，大人们常笑话我："小气的丫头！"哼！我才不生气呢！槐树没了叶子，可就开不出槐花了，那就不能蒸槐花吃了。但我不会告诉他们这个秘密，嘟起小嘴儿，理由叮当响："这是我家的树！""哈哈哈……"村人便在爽朗的笑声中离去，留下一个梳着羊角辫的小丫头守护着香甜的梦……

功夫不负有心人。四月初，花蕾渐次张开，由上而下，绽放出雪白的花朵来，在绿叶的衬托下鲜亮夺目。一棵树就有成千上万串花朵，远远看去整个河坡仿佛被一层晶莹的白雪覆盖，三分诗意，七分壮观——整个村子便也浸润在馥郁的花香里了。

槐花绽放的日子，是我和小伙伴们最高兴的日子。我们常常光着脚三下两下爬上树，躲过根根利刺，摘下成串的槐花。花心里的"梗儿"最好吃，嚼到嘴里脆生生地响，天籁之音也。非要吃到小肚皮鼓起才肯滑下树躺在沟坡上闲看天空，湛蓝湛蓝的天一定是被哪位神仙给清洗了，纯净极了；朵朵白云轻盈地飘着，洁白的槐花，似串串珍珠，银花锦簇，像极了随风起舞的风铃。到底是云像花，还是花像云呢？思绪常常乘着洁白的飞毯远去九霄……

印象中，好像家家都有一根顶端绑着镰刀的长竹竿，伙伴们几乎人手一把，或扛在肩头，或拖在身后——去折槐花。常常是吃多了自家的就觉得别人家的槐花更香，得陇望蜀，心甘情愿就成了"采花"小盗。一旦被主人发现，被呵斥自然难免，有时甚至会被追赶，跑丢了竿子、跑飞了鞋子都是常有的事。不过"偷"来的槐花可真是人间美味。

在那个物资匮乏的年代，槐花也是青黄不接之时的一种“果腹”美食。母亲常将我捋回的成筐的槐花洗净晾去水分拌上面粉，放在锅里蒸，蒸熟后再浇上蒜泥，既可果腹又能解馋，连打嗝儿都有一股淡淡的槐花香！如今在餐桌上人们点这道菜，一半原因是留恋童年的记忆，另一半则是它实在太好吃了，能饱这口福还不容易呢!

槐花是美的，童年的记忆也是美的。如今我已是成年人了，更是思念槐花的味道，还有那段槐花拌了蜂蜜的记忆。听儿时伙伴们说：最近几年，老家的槐树越来越少，取而代之的是速生杨。槐花盛放的景致，也成了一张老照片，永远镶嵌在记忆的相框里。今天能在此遇见槐花，真是一大幸事!

站在树下，虽有品尝的欲望，但更多的是欣赏，几朵槐花随风飘落，打着旋儿，飘啊，飘啊，一直飘进我的心里……

是夜，枕一抹槐香入梦，心醉!

女贞子花开呀开

不知不觉，时令已经进入六月，浅浅的夏迎来了女贞子花开。仿佛一夜之间，宛城的大街小巷，宅院河畔，随处都能见到她们的身影。也许因为女贞树四季常青，因而人们对其熟视无睹，待到花开了才注意到她们。

远远望去，宛如平地腾起了一团团绿色的蘑菇云，绵延起伏，朦胧婉约。如果把世间的花比作女子：倾国倾城当属牡丹；大家闺秀当是玫瑰、芍药；米兰、茉莉……这些小家碧玉就多得不计其数了；蒲公英、凤仙花、山菊花应该是质朴的村姑；那么女贞花呢？她们似乎不属于任何一类。

女贞子花开时节，恰逢莘莘学子高考的日子。行色匆匆的人们，顾不得去看她们一眼，但却抵挡不住花香的强势进攻。看她们挺拔着灰绿色平滑而不开裂的秀干，舒展着一树郁郁葱葱的墨绿色叶片，片片叶面闪烁着喜悦的光泽，她们捧出满树浅嫩鹅黄的小花，亲亲密密簇拥在圆锥形的花序上，花花相依，花花相吻。别看花儿奇小无比，但由于小花密密匝匝，花阵庞大，浩浩荡荡，于是在夏季独领了风骚。数以亿计的小米粒般大小的花儿，攒集在一起，立于枝头，仿佛天际飘落的云朵，缱绻舒展，袅袅娜娜，实现了由深层绿向浅色黄的过渡，似乎在向大千世界展示自己的“厚积薄发”。

对于女贞子花，起初谈不上有多喜爱，因为多了几分敬畏在里面。她们没有明艳美丽的容颜，只是很普通的外观，但是为何总能在初夏之时，沁入人的心田，挥之不去呢？皆是因为她的花香！不是淡淡的若有若无，而是浓烈地扑面而来。上班下班，茶余饭后，只要走上街头，你就拒绝不了她们的味道，睁眼前闭眸后，萦绕不散，回环缭绕，让你不由得想知道：何物如此沁心入肺？

居家附近，一街两行，种了很多女贞树。每当夜深人静，我伏案奋笔疾书时，她们就遣馨香精灵们溜进纱窗，丝丝缕缕，不着痕迹地将香气慷慨地播撒在你的周围，渐渐地涨满整个心房，驱赶写作的疲惫，温馨一夜情感，让你在和文字拥抱时变得有滋有味。倘若此时走上街头，你一定会被魅惑，微风轻摇处，整座城市都被花香侵占，弥散在角角落落，那磅礴的气势实在让人钦佩。

学校的小花园四周，也有几棵女贞子树。下课时，我常站在树下凝望沉思：不知这女贞树何以得此名字？应该源于一个美丽的爱情故事吧？后来果然查到了：

相传，从前有个善良的姑娘叫贞子，嫁给了一个老实的农夫。两人恩爱度日，哪知婚后不到三个月，丈夫便被抓去当兵，一走就是三年，音信全无。贞子整日哭泣不已，盼望着丈夫能早日归来与她团聚。有一天，她得知丈夫已战死的噩耗，当即昏死过去。乡亲们把她救过来后，她便一连几天不吃不喝，寻死觅活。最后有个邻家二姐劝慰她，说那捎来的信也许不真，才使她勉强挺了过来，半年后她还是病倒了。临死前，贞子拉着二姐的手说：“好姐姐，我没父母没儿女，求你给我办件事：我死后，在我坟前栽棵冬青树吧，万一他活着回来，这树就证明我永远不变的心意。”二姐按她的遗言做了，几年后冬青枝繁叶茂。有一天，贞子的丈夫回来了。二姐把贞子生前的情形讲了一遍，并带他到贞子坟前，他扑在坟上哭了三天三夜，泪水洒遍了冬青树。他也因伤心过度，白了一头黑发。说来也怪，或许受了泪水的淋洒，贞子坟前的冬青树不久竟开花了，还结了许多豆粒大的果子。乡亲们都很惊奇这树能开花结果，议论纷纷，有的说树成仙了，吃了果子人也能成仙……贞子的丈夫听了怦然动心：“我吃了果子如果成仙，还可以和爱妻见面。”于是摘下果子就吃，吃了半年，他没成仙，也没见到贞子，然而头发却慢慢变黑了。就这样，冬青树果子的药性被发现，它补阴益肝肾，治疗头晕目眩、腰膝酸软、须发早白等症；于是人们纷纷拿种子去栽种，并取名叫“女贞子”。

学生好奇地问我在想什么，我伸手去接那些随风飘落的花儿，喃喃自语：“看！下花雨了……”孩子们也学我的样子，伸出小手争先恐后接那繁密的落花，惊喜地争相报告：“这花有四个花瓣呢！”“就是，哈哈，一片片花瓣还在下腰呢！”我细细观看，果然，每片花瓣围绕着中间的两根花蕊，向后弯曲至270度，腰肢的纤细和灵巧更是别具韵味。四片花瓣犹如四个小姐妹，既团聚在一起，又不互相依赖、孤芳自立。花瓣中心的花蕊亭亭玉立，颤颤巍巍，仿佛在和她们交谈着什么……

心倏地一下就动了：我原来只惊叹她们群体展现的力量和风雅，没想到仅是芝麻粒大小的单朵花，也有令人折服的雅致，也是如此简洁，富有韵致——也许世间至美的东西，原本就该是最简单的存在吧！

喜欢女贞子花的芳香馥郁，这种朴实的香味，仿佛是穿越了世纪的隧道，从遥远的地方向我悄然飘来，包围我、簇拥我，让我感觉到一种熟悉的震撼：是柔软软、湿漉漉、甜丝丝、青涩涩的。这种花的群体是不可抗拒的力量。待到花落，纷纷扬扬，如细雨缤纷，一地细碎的浅黄或米白，一地的芳香。

经历一个暑假的孕育，在金风送爽的日子，满树又挂起成串成串的女贞子果实——如小豆子般大小的籽粒，常被孩子们揪来，当作弹弓或者玩具枪的子弹……

老中医们说这果实是宝贝：配熟地、菟丝子、枸杞等同用，治目暗不明；配墨旱莲、桑葚等同用，治须发早白；治阴虚发热，常配地骨皮、生地黄等同用……我因为美尼尔氏综合征留下了右耳轰鸣的毛病，能否医治？却一直没有机会尝试治疗，但从此也就关注到这种植物了。希望自己的顽疾能够借助于女贞子的果实得以康复，那她们就是我的恩人了。

晚上和一个被称为“优剩女”的朋友沿街边散步，她闪动灿若晨星的眼睛，告诉我：“我拒绝了那个富豪的追求！他虽然有别墅有豪车，但也有妻子和儿子；他说每月给我足够多的生活费，我就不必每天在生意场里摸爬滚打了；每月保证会来看我一回，但我必须做到不许嫁别人，随叫随到……”我惊讶地问：“这是你追求的爱情吗？”她苦笑：“爱情对我而言早已经是奢侈品了。尽管我淡漠了追求，但还不至于让金钱和欲望玷污了‘爱情’这个名词。做人得有自尊，自尊了才会自爱！女人，不管什么时候，都要牢固护卫一种价值，一种贞操……”

朋友平静地说着，我的心一下子舒展开了。抬头看，一棵棵女贞树静立于喧嚣的街头，不自卑，不媚俗，坦坦荡荡，在华灯璀璨的夜里，花香悠远绵长，我想着女贞花的节操，女贞花的品位……不管世人如何看待，既然存在就该花开，不求回报地绽放。我说：“会有懂你的人欣赏你的……”她淡雅地笑了，我突然觉得：女贞花，其实就是女子中的“优胜女”。

凌霄花——母亲花

校园里的凌霄花又开了！东院的那一架爬上了苦楝树旁的围墙，西院的则攀在了小花园曲折的长廊顶，两处凌霄花隔着温凉河遥相呼应着竞相开放。

不怕风刀雨箭欺，傍廊兀立自撑持。
宵来染得仙坛露，珠玉玲珑笑满枝。

绿藤上的花枝一条条垂下来，每条花枝上的小花接连不断地长出来，一簇簇，一团团，小火焰一般。有完全绽放的，也有半开的，还有花骨朵儿，乍一看，足有上千朵。此花和牵牛花形状相似，但花朵比牵牛花更有质感，像涂了一层光亮的橙红色的油彩。凌霄花不仅个体美，群体呈现的美更令人称奇。每到盛花季节，真是繁花似锦，云蒸霞蔚，就像飘着的一片红霞，引人注目。

我喜欢到小花园的长廊下面坐着，静静分享她投下的一片浓荫；也喜欢默默凝望着她发呆，虽然舒婷在《致橡树》里把她们当作攀附的植物加以贬斥，但在我眼里她们最有亲情，最懂得姊妹情深，不管走多高、走多远、走多久，都一路紧紧相牵着，绝不肯丢弃一朵。也许她们知道自己根基的柔弱，才如此努力地团结起来，簇拥成这种气势，以面对强硬的外界吧！

喜欢凌霄花，源自她的花语。一天，我又在观赏她们时，王校长恰巧也来了，她看着花问我："你知道这花的别名吗？"

"不知道！"我老老实实回答，"只觉得她们很美，轰轰烈烈演绎着她们作为花的事业，平凡，但很伟大。"

"凌霄花也叫母亲花，寓意慈母之爱。"王校长是个知性女子，虽然是教数学的，但有很高的文学素养，也是性情中人。她悠然说道："她们不舍不弃、紧紧相依，她们顽强攀缘、拼搏进取，这种精神正是人生爱拼才会赢的真实写照啊！"

望着长廊上披覆下垂的绿叶和红花，再看看旁边匍匐于地开得一片灿烂的幸运草，确实是物竞天择，她们各自显出不同的特质和精美，看着看着，就想到了我的母亲，想到了母亲给予我的爱……

以前谈到母亲，我的怨愤总是大于感激，皆是因为小时候对我过于严厉……但随着年龄的增长，当我自己也做了母亲，才逐渐体会到：世上有一种母爱很特别——只是我理解到这一点时已经太迟了……

母亲一生最自豪的就是培养了我这么个孩子——聪明、伶俐、乖巧、能干、懂事，几乎兼具了母亲所有的优点。母亲出身书香门第，虽然命运多舛，但对子女们的教育从来都不曾放松——她的教育方法对于做了多年教师的我来说，每每想起都会赞叹不已……

母亲说我懂事早，三岁开始就有意无意教了我很多儿歌、童谣、唐诗、宋词，每次家里来了客人，母亲就会让我站在一张小方凳上，为大家"背诵"。我声情并茂，动作和表情也很到位，看到客人们惊叹着鼓掌，那小小的虚荣心就膨胀起来。常常一开始表演就像泄了闸的洪水，一发不可收，不背到开饭不罢休。客人们走后，母亲就会抱起我，亲着我的小脸蛋说："我女儿太棒了！今天真给妈争光！"听到这夸奖，心里就充满了幸福和满足。

在那个物资匮乏的年代，母亲连煤油灯都用得很节俭，为省灯油，晚上睡得很早。躺下后也睡不着，母亲就教我们姊妹背诵古典诗文或者讲故事，日积月累，睡前背诵成了必修课。

现在明白了，母亲其实是在锻炼我们的记忆力，在我们幼小的心田渗入祖国传统文化的精髓。

母亲要下地干活，留下我和妹妹在家，怕我们到处乱跑不安全，就在后院开出两米见方的一片空地，铺上半干的细沙，用树枝在沙地上写字，让我们读记生字。母亲走后，我就当小老师，一本正经地教妹妹读，妹妹坐不住，我就"威逼利诱"让她屈服，直到她记住为止。

母亲回来，我就迫不及待地读给她听，母亲就会大大夸奖我一番。妹妹贪玩，"威逼利诱"的结果是当时记住了，一到母亲"验收"就卡壳，母亲就含笑着屈起食指敲她脑门，给她一个"爆栗子"，让她向我学习……

当母亲把身边能看到的东西表示的汉字都教完了，只好递给我一本灰色皮儿的商务出版社印刷的字典，让我自己挑出喜欢的字，她来教我读音并做简单解释……

随着识字量的不断增加，母亲书箱里堆放的书，我可以试着读了。在上一年级前，我就认识了近五千汉字。母亲眼睛一直不好，高度近视，常常让我把书读给她听，我也在读的过程中，浸润着书香带给我的快乐。

现在我懂了，其实母亲是在用一种特殊的教法让我识字。她设置了一个又一个我一迈脚就可以上去的台阶，让我不断攀升，她抓住我要强的个性，因材施教。我是主动要求去学汉字的，当然母亲的表扬和鼓励以及故意"装笨"的表现，给我搭建了一个展示的舞台。

母亲说我天生贪玩儿，但脑瓜子好使。我喜欢听故事，逢人就缠着让他们给我讲。村里有个老婆婆，故事一大箩，每次听故事她都让我帮她干点小活儿，为听故事我可不惜力气！回家后再兴致勃勃讲给母亲听。母亲听后，总会将老婆婆故事里的“糟粕”剔除出去，讲给我一种新的版本，在我半信半疑时，她就说：“故事大多是人编造的，你也可以自己编故事，要不试试？”

于是我云天雾地，一通乱编，有时自己都不知编的是什么，母亲却听得认真，指出哪个地方很精彩，哪个地方不合情理，让我再编。几次三番下来，一个平平常常的故事就有了很多版本。现在看来，母亲是在拓展我的思维，培养我丰富的想象力。

小学一年级下学期，学校来了几位教育专家，要检测我们的识字情况，班主任就推荐我去。测试现场，三块大黑板写满了字，我毫不怯场，一口气读完。

其中一个专家向我跑过来，抱起我问：“多大了？”

我脆生生回答：“五岁！”

“喜欢读书吗？”

“喜欢……就是我家没书可读了……”我嘟囔着，“妈妈书箱里的书早被我读完了。”

“我这里有很多书，奖给你的！”那位专家爷爷慈眉善目，笑眯眯地把书递给我。书多得我都抱不住了，开心得要命。

母亲知道我在校的表现后，却思索了起来，说：“孩子，这些奖励给你的书都很适合你读，等你读完了，我给你找书读！”

后来每当街上逢集，母亲都会给我些钱，让我到连环画摊子上看画册，我于是日日盼望逢集……

有一次，母亲很开心地说：“孩子，你有书读了，看！这么多小人书！”母亲兴冲冲拉我到桌旁，《岳飞传》《杨家将》《山乡风云》《小兵张嘎》《王熙凤大闹宁国府》……堆得像小山似的，后来才知道，母亲找到了那个摆摊儿租连环画的老人，给了他半篮子鸡蛋，他才同意在背集的时候，让妈妈把小画册拿回我家来让我看……

母亲用自己的方式孜孜不倦地培养了我对文学的浓厚兴趣……

十岁的时候，我发表了第一篇文章，母亲高兴地拿着报纸到处炫耀，那自豪的神情永远烙在我的心里。现在我已经长大成人，内心的那个文学梦从来没有停止过。在这条路上，我会继续走下去，为自己，也为母亲!

校园的凌霄花开了，我知道她们会从五月一直开到十一月，直至繁华散尽、落英缤纷。我想，凌霄花是快乐的，看她们手牵着手攀向高端的舞姿就足可以证明。凌霄花一定是喜欢歌唱的，不然为什么要把自己开成朵朵喇叭朝向蓝天呢？既然凌霄花的寓意是慈母之爱，那么我就把这些花看作母爱的象征，在心里珍藏她们，让她们每年都开满我心灵的空间。

冰姿艳骨露华浓

恰是人间四月天，风轻柔，雨缠绵，扑面的凉爽里裹着些甜丝丝的味道。不经意中瞥见，绿化带内一棵棵一丈来高的月季树上，绽开了碗口般大的月季花。最妙的是每棵树上的花朵色彩各异，姿态万千，在清风中，袅袅婷婷，每一下颤动，都送出一股浓香，不禁心驰神往。

有花堪折直偷折

儿时曾在乡村住过，记得离家不远处有一户人家，院子里种着很多月季，长得相当茂盛，跟房檐齐高。一到春天，便毫不吝啬地捧出满树红艳艳的花来，站老远都闻得到甜甜的香味。那时种花的人家不多，这满树的花自然吸引了不少爱美的小女孩儿。总趁那家没人在的时候，猴子似的钻过稀疏的篱笆，闪电般冲向花丛，伸手便折，常被尖刺扎得龇牙皱眉，却不舍得丢掉已经摘到的花。偷采到花后急急忙忙往家里跑，找出一个空瓶子，在小河沟里灌上水，把花枝插在里面，便得意扬扬期待着花在眼前绽放的姿态。

当然，偷折人家的花还有讲究：这枝花上必然要带几朵含苞欲放的，这样泡在瓶里养几天便会亲眼看见花蕾绽放的曼妙过程，这实在是难得的激动和享受。

“吃惯梅子不嫌酸。”没几天瓶里的花就谢了，偷花的念头便又滋生了，但还是要谨慎，那户人家有个傻儿子，不会说话，偷花时千万不能被逮到，否则……

偏偏自己就遇到一次，当我折到花转身欲跑时，那牛高马大的哑巴一下揪住我衣领，把我提了起来，其他孩子一哄而散。他把我提溜着，指着我“呜里哇啦”的说，我根本听不懂他说些什么，只记得哑巴满脸通红，一副要吃掉我的架势。因为害怕加无助，我拼命哭叫起来，这一来，哑巴愣住了，不知道该怎么哄我了，就赶紧放下我，跑到花丛那儿，采了一大把月季花递给我。我透过指缝看到这一切，知道没危险了，一把夺过月季花撒丫子就跑……

妈妈是城里下放到那个村子的知识分子，知书明理，对我的行为声色俱厉，末了还拉我去道歉。但我的条件是：必须自己家也栽月季。母亲当时是答应了，但是后来到了城市，连房子都是租住的，更别提开垦出一片土地用来养花了，这就成了童年一件憾事。不过，根深蒂固的恋花情结，注定了我对这花的敏感。只要看到“月季”这俩字，就会出现孩提时代那一幕幕记忆。

此花无日不春风

南阳城北郊，有大片大片的月季园。暮春时节，那里便成了花的海洋，数不清的月季，花枝招展地开着色彩斑斓的花儿，在风中摇曳，满世界的花香，站在花海里，幸福仿佛都来到了身边！

各色花儿争奇斗艳。嫩嫩的朵儿，俏俏的花苞，一层一层，紧实地包裹着，犹如害羞的女子，粉粉的笑靥，羞羞的姿容；那绽放的，就像热情的妹子，露着花蕊，展着腰肢；那半开的，就像成熟丰盈的少妇，泼辣地展示着风韵和魅力。

我被这无边的香阵包围着，意志渐渐沦陷，醉了……仿佛已然变作凤蝶，在花丛中翩翩起舞，不禁即兴吟起：

冰姿艳骨露华浓，青帝遣其妆乱丛。
素面遮藏惟状绿，淡颜清洗不消红。
高情已伴深花住，酣梦难随碧柳同。
秀色万千诗兴壮，悠然沐浴快哉风。

这花仿佛嵌进了骨子里。看它们肆意烂漫地绽放着：一丛丛、一簇簇扑入眼帘，斑斓地绽放着一树一树的诗韵。心，一下子被攫住了，每一朵花，看起来都是那么的精神。那一片片的花瓣，在晨光中闪烁着微凉的露珠，如此晶莹，让人不禁赞叹月季的奇美。

看呢！橘黄的、雪白的、粉红的、绛紫的、金黄的花儿，媲美似的，都展开重重叠叠的花瓣，淡淡的芬芳，氤氲而来。我希冀着这芬芳的繁花月月红在我心房。让那鲜艳的色泽化尽我路途中的暗淡，让那清雅的芬芳荡尽我内心里的喧嚣。

时光悄然溜走，却未将青春留下，多少情感，错肩而过。从此多少回夕阳西下，多少回月季花开，就有多少回含情的女子在月季花前枉然地带着思念把月季凝望。

也许，一切都会过去。淡淡的思绪，淡淡的回忆。

万千红紫总成尘，唯有斯花月月新。

嫩蕊繁英观不厌，美名堪赞号长春。

高山流水为知音

月季是美丽的，更是通人性的。心情好的时候，她也是笑着看着你的；心情差的时候，她就默默地伫立，像是无言的安慰。

高山流水只为知音弹。月季从不谄媚，只是默默地开放，任人评说。而一旦遇到知音，她就像干涸的土地受到甘霖的滋润，活泼可爱起来。她率真随意地泼洒着各种颜料和光芒。

月季真的是很懂人性，她似乎经历过你的一切，甚至知道你此刻的心情。你望着她，她也望着你，很久你会明白：所谓知音难觅，人生得一知己足矣。

风儿一路唱着歌，弹奏着心爱的水纹吉他；明月遍洒银辉，诉说着对大地的思念；书案上的花儿呵，依旧绽放。在你的陪伴下，我快乐地吟诗作画。与你相伴，淡淡的、柔柔的。闻着你的缕缕馨香，吻着你的娇俏脸颊，多么缠绵惬意。

只是不很明白，那带刺的枝叶，脆弱的根苗植在贫瘠的土壤里，何以如此的丰盈？

落花无言，流水无情，这一季，我遥望远方，想起依稀的过往，清风明月、小桥流水，彼岸，你可在？有一种幸福叫宁静，守着这份宁静，守着你的柔情，风里传递着你幽幽的馨香。

其实你看不到我的脸，更看不到我的思念，我却固执地以为，你就是我想要的。握你在我的掌心，我的花儿！我要告诉你我心底的秘密：我想我是拥有你的女子！无数的脚步从你身边走过，他们都不屑于为你驻足，即使你花团锦簇，你也不过是玫瑰、牡丹、芍药、玉兰的陪衬。

我却从未轻视过你，我当你是我四季最骄傲的花儿。你曾经不经意间刺伤了我的手，红红的鲜血一如你的色彩，我微笑，疼痛，却让我更加爱着你的坚忍。

日子清淡如流水。云朵去了远方，我的花儿，你要芬芳到何年何月？你叫“月月红”，你定会芬芳我的四季。

月季，让我不屑于职场上你高我低的争斗，让我的心灵不沾染俗世尘埃，简单清贫、不懈地追求我所求的！

心有多宽，世界就有多宽啊！

当我们被庸俗的事务困扰，被痛苦打击或遭遇不顺，就想想月季吧，无论何时，她们都不会有这样那样的忧郁。只要到了花期，就会馨香满园，心态平和，精神愉悦。要像月季那样，热爱生活，热爱生命，热爱上苍赋予我们的每一部分，好好地生活啊！看看月季，即便是在严冬马上到来的时刻，还那样生机勃勃地怒放，谁说这不是对生活、对生命、对岁月的一种诠释呢？

一树红绒落马缨

蓦然发现，解放广场周围的合欢树又开花了，心立刻被勾去了一半。此后的日子，一有空闲便奔向那里，凝望着一树树繁花，唏嘘感叹，徘徊流连，不忍离去。

合欢花也叫马缨花，落叶乔木，羽状复叶，小叶对生，头状花序，合瓣花冠，夜间成对相合，故俗称“夜合花”。花是淡红色的，近距离欣赏合欢花，细如纤维般的花瓣簇拥在一起，色彩鲜艳明朗，像是一把粉红的羽扇，有棱角分明的扇骨，纷纷散散交错在叶柄之上，如一缕缕粉色丝绸从扇骨中滑落；倘若用手合起扇骨，每一条丝绸都柔软顺服地依偎在扇骨之上，或柔若无骨地向下披垂着。

我与合欢的情缘源自悲苦的童年：我四五岁时被送到乡下妗奶家，寄人篱下的生活让我的心情总是灰暗的，但懂事的我却将对母亲的依恋和思念深埋于心。在那个破旧杂乱的小村庄，寂寞孤单地承受着童年“雨季”的洗礼。

“雨季”总是漫长的，扯不断的“雨丝”牢牢缚住了我的脚。那阵子总是坐在妗奶家的房檐下，呆呆地凝望院中那棵合欢树。从春盼到夏，直到花开，明丽的花儿才能将我从晦暗的日子里打捞出来，我眼里的泪雾才能蒸发幻化成亮闪闪的星星，我心里的苦涩才会被这些卓然不群的花儿驱散。

整个花开季节，我都会寻找一切机会来关注这些花儿。用小手抚摸粗糙的树皮，怜惜地看她那被四季风雨雕刻得皱巴巴的脸，看碧叶在风中婆娑，听花朵在梦中低语，似乎在跟我说着什么秘密。

妗奶家院中这棵其貌不扬的合欢树，却可以把杂乱无章、破旧不堪的院落装扮得诗意葱茏，清甜的花香一次次掠过纯净宽广的天空，让这个没有风景的村庄到处都是芳香。于是我常常幻想自己也变成这种树，开出不计其数的绒花。

也许母亲是不想要我了，不然为何很久都不来看我？孤单的我总是爬上树去，采摘那花儿，放在手心里把玩，那一条条细细的丝线绸缎般轻轻拂过我的脸庞，浓烈的甜丝丝的味道，总是让人禁不住翕动鼻翼，在扇边上嵌着一根根细小的金丝，金粉相映，喜煞人也，它既有少女的活泼、俏皮、温柔，又有华丽、贵重的金色，两者搭配，美轮美奂。我常幻想，若是用这些丝线织一件衣服，那该是怎样一种璀璨夺目！

妗奶岁数大了，但对我很是疼爱。我爬树折花，她是不会训斥的。还会疼爱地将我的头发编成辫子，再插上几朵合欢花，然后眯起眼睛左看右看，连连夸赞："咱家小玉儿变仙女了！"我就会害羞地笑倒在妗奶怀里，听妗奶讲合欢的传说，暂时忘掉思念母亲的忧伤，至今还记得妗奶讲的最古老的传说：

传说合欢树最早叫"苦情树"，是不会开花的。有个秀才寒窗苦读十年要进京赶考，临行时，妻子粉扇指着窗前那棵苦情树对他说："夫君此去，必能高中。只是京城乱花迷眼，切莫忘了回家的路！"秀才应诺而去，但此后便杳无音信。粉扇在家里日思夜盼，青丝变白发，也没等回丈夫的身影。在生命尽头，粉扇拖着病弱的身体，挣扎着来到那棵印证她和丈夫誓言的苦情树前，用生命发下重誓："如果丈夫变心，从今往后，让这苦情树开花，夫为叶，我为花，花不老，叶不落，一生不同心，世世夜欢合！"说罢，气绝身亡。第二年，所有的苦情树果真都开了花，粉柔柔的，像一把把小小的扇子挂满了枝头，还带着一股淡淡的香气，只是花期很短，只有一天。说也奇怪，从那时开始，所有的叶子居然也是随着花开花谢而"晨展暮合"。人们怀念粉扇的痴情，就把苦情树改名为"合欢树"了。

这个故事让童年的我伤心不已，粉扇太可怜了。有谁知道，这合欢树在欢乐的名誉之下承受了多么沉重的苦难？这世间的一切美好，其实大都是人们的愿望，一种由凄美的灵魂支撑的希望的形象。

有一天，父亲来看我，我欢喜得上蹿下跳，把这个故事讲给父亲听，父亲很认真地听完后，摸着我的头说："丫头，爸爸给你讲个娥皇、女英的故事，你知道她们的死也和合欢树有关吗？"父亲娓娓道来："相传虞舜南巡仓梧而死，妃子娥皇、女英遍寻湘江，终未寻见。二妃终日恸哭，泪尽滴血，血尽而死，遂为其神。后来，人们发现她们的精灵与虞舜的精灵'合二为一'变成了合欢树，合欢树叶，昼开夜合，相亲相爱。自此，人们常以合欢表示忠贞不渝的爱情。""什么是爱情？"我不解地问。父亲哈哈大笑："那是人类最美的一种感情——长大你就知道了。"父亲临走时，照例教了我一首诗：

虞舜南巡去不归，二妃相誓死江湄。
空留万古香魂在，结作双葩合一枝。

长大后知道这首诗是唐代韦庄写的《合欢莲花》。父亲走后，那个故事连同那首诗，与合欢树一起陪伴着我，度过了一些相对美好的日子。

爱美的我总会摘下那些花儿，拿起针线不厌其烦地缀在裙摆上，再用叶子编顶帽子，插上合欢花，摇身一变成仙女，在破旧的院子里，“救赎”鸡鸭成仙，猪狗成神。

那些日子，自己是神通广大的，俨然成了童话王国的主宰。

等到能读书了，就刻意收集一些关于合欢的诗句来诵读：

夜合枝头别有春，坐含风露入清晨。
任他明月能想照，敛尽芳心不向人。

这是明代李东阳的《夜合欢》，暗喻相亲相爱，忠贞的爱情。

三春过了，看庭西两树，参差花影。妙手仙姝织锦绣，细品恍惚如梦。脉脉抽丹，纤纤铺翠，风韵由天定。堪称英秀，为何尝遍清冷。最爱朵朵团团，叶间枝上，曳曳因风动。缕缕朝随红日展，燃尽朱颜谁省。可叹风流，终成憔悴，无限凄凉境。有情明月，夜阑还照香径。

这首是魏晋时期孙绰写的《念奴娇 · 合欢花》，读起来有些忧伤，有些郁郁然。

我最喜欢的是清代乔茂才的《夜合欢》：

朝看无情暮有情，送行不合合留行。
长亭诗句河桥酒，一树红绒落马缨。

一朵夜合欢，契合一段机缘。

文人墨客缠绵、温情在这合欢花里，我也不例外，尤其在情窦初开的年代，莫名地痴迷在诗词的峰峦里，也不可避免地走进了清朝第一词人纳兰性德的精神世界：

> 惆怅彩云飞，碧落知何许？不见合欢花，空倚相思树。总是别时情，那待分明语。判得最长宵，数尽厌厌雨。

纳兰性德这首词浓浓的都是伤感。后来又读过一本有关纳兰的传记性质的书，书里很清楚地注明了聪颖的纳兰亲自在明珠府（今宋庆龄故居，纳兰为清朝早期权臣明珠之子），植下了两株夜合花树。书里无数次提到，每当深夜，孤独的纳兰都会站在夜合树下，思念他早逝的爱妻卢氏和他那些归乡、外贬、流放的朋友——“不见合欢花，空倚相思树”，正是纳兰性德苦闷、忧郁一生的写照。最终，在一个大雨淋漓的夏日夜晚，在夜合欢花舒张的夜晚，年仅 31 岁的清朝第一词人——多愁善感的纳兰离世。

叹息伤感之余，自己也赋诗一首：

> 满树丹霞向晚情，门庭流韵翠枝横。
> 夜来香梦双双醉，哪管新蝉自在鸣。

现在想来，这花儿不该叫合欢，因为有太多伤感的内涵。花开的时候，我少不更事；花凋零的姿势，我会念想一辈子。

在她凋落之际，由淡粉色变成了丽红色，像是从天真烂漫的少女变成了成熟稳重的贵妇；从一把巧夺天工的小扇，变成了价值连城的骨扇，泛着被时光磨逝的白黄色。扇边便是用那珍贵无比的红玛瑙制成的，宛如红色的发丝被一缕缕编织成了光滑、艳丽的锦缎，裁制成了华丽丽的扇面。

合欢花的花语是：“转瞬即逝的快乐！”那么哀伤，忧郁！

当她枯萎掉落在地上，又变成了暗紫色，这是它一生最后的升华，从雍容华丽、张扬挥洒的贵妇变成了沉稳寂寞的老妪。它的扇柄变成了深沉、沉闷的棕色，淡紫色的斑斑点点的扇面像是被紫色的墨痕渲染，轻轻摇动时，便能从扇旁闻到时间沉淀出的花香，有沉醉的甜蜜，也有淡淡的苦涩，似是一杯苦酿的好酒，时间的沉淀让它更添一抹难以言说的韵味。

合欢，双合便欢！她们从曼妙的少女到妖娆的少妇，再到沉寂的老妪，这是每一位女子都要经历的生命历程。但是历练后的升华却是如此神秘，是时间的摧残，还是时间的馈赠？生活在时光中的你，是不是也在改变呢？

桂花，那一抹幽香哟

进入八月，隐没在大街小巷的桂树，仿佛接到命令似的刹那间全部开放了，南阳城到处弥漫着桂花的芳香，醉煞人也!

人民公园里有座桂花园，一树树桂花开得正盛，树下石子小路上，星星点点洒了薄薄的一层金黄。

注视桂花树，一棵棵树姿俊丽，叶子密密层层，乍一看有点像橘树的叶子，只是边缘有锯齿，叶片不大，厚实光亮，像涂了一层蜡。稍站远一点儿看，桂花树上就像挂满了小星星一样。浓郁的香，从“叭”然张开的小口呼出，像初恋少女急促的呼吸，引诱着你靠近它们。叶子背后有圆圆的“小米籽”，非常小，小得我都不忍心去碰，但都鼓胀着，憋足了劲儿随时都要爆裂开似的。桂花好像很喜欢凑热闹，小花总是害羞似的挤在一起，一簇簇的，那么娇嫩，生怕手指一动，花儿就会飘落下来。此花不开则已，一旦开了，就肆意豪放，一“鸣”惊人！花开的阵势铺张壮观，点点碎金，枝头云集，粲然芬芳！是要证明她的活力，还是炫耀自己的能耐？无声地伫立于尘世间，倾尽一身香气，在这个季节，独领风骚，真正风流！

桂花园内栽种的都是金桂，前些年移进公园时，树干仅普通杯口粗。几年后，就渐渐亭亭如盖了。一年四季，满树浓绿，花开时节，浓绿中点缀着碎金，耀眼鲜丽，满园生香，游人痴醉。

几场大雪将她们压得枝丫低垂，不堪重负的样子。我对她们并没太在意，而她们没有因为我的冷漠和无意而故作姿态，在我的不理不睬中度过数月，依旧开满花，将熟悉的浓香一缕缕送入我的肺腑。作为一棵树可以做到这样有情有义，我只有满心的感动，我敬重她们！

当我再次默默凝视她们时，大有“我看青山多妩媚，料青山见我亦如是”的感觉，树和人岂不也是在做情感上的交流？

我开始注意桂花。桂树品种多，金桂深黄若金，银桂洁白如玉，丹桂橙红似火，四季桂淡黄如蜡……我最爱金桂！这金色，灿烂鲜艳、曼妙洁净、绚烂夺目、神秘恬静、欢欣柔和，这赏心悦目的金色，人见人爱的金色啊！我不喜欢太招摇的东西，金桂是娴静的树，丝毫没有邀宠之嫌。

喜欢桂花，源于奇香。每到金秋时节，繁花满枝，清香四溢。风过处，桂花簌簌飘落，一场花雨，一地花黄，有人会捡起那金灿灿的桂花端详，它们像夏夜的星星一样迷人，也许是这些“星星”太顽皮，偷偷地从天宫顺着彩虹桥“哧溜”一下子滑到人间；我常常捡起金光闪闪的桂花，使劲儿地嗅，百闻不厌，惊讶于这小小的花瓣怎么会散发出如此迷人悠长的香气，沁人心脾。

喜欢桂花，在于嘴馋。记得儿时，妗奶做的桂花糕特别好吃，当桂花飘香时，妗奶就带我们采集河坡上几棵桂花树上的小花，配上白糖、高粱饴糖、面粉、糯米粉、菜油等，按适当比例配好，经过蒸、炒、磨、拌、擀、切等工序制成。这手工制作的桂花糕看起来洁白如玉，吃起来清甜爽口，油润不腻，香里带凉，桂香浓郁……简直是人间美味！即便吃完了，香气还经久不散。嚼着酥软的桂花糕，含着桂花的清香，是何等享受！妗奶做的桂花糕让整个村子的小伙伴都垂涎三尺，纷纷让家里人跟妗奶学，但无论再怎么心灵手巧，都绝对做不出妗奶的味道来，这也就成了我的骄傲。

我外婆擅长做桂花酒。她会将采到的桂花摊开放在通风的阴凉处风干，按半斤桂花二两粉状冰糖的比例拌匀，放在坛子里发酵两三天后，加入二三斤 35 度以上的米酒，密封约一年，于是桂花酒就做成了……这种酒特金贵，家里来了尊贵的客人才会倒出几杯来品尝。外婆小心翼翼抱出酒坛子，一启封，满屋子马上溢出浓烈的清香，等她倒出淡黄色的酒液，晶莹透彻，客人抿一口，咂巴咂巴嘴，做陶醉状，外婆就会自豪地说："喝了我的桂花酒，健脾胃、助消化，舒筋活血解疲劳哇！"我也要喝，外婆不给，只好瞅准家里没人时偷喝一口，再喝一口……不知何时就沉沉睡去，等我醒来，外婆举着巴掌佯装打我，哭笑不得地埋怨我……那心疼劲儿就甭提了。母亲偏袒着我，说桂花酒，谁喝谁富有！

母亲喜欢将桂花晾干，直接沏茶喝。她说长期饮用桂花茶，美白肌肤，口齿留香，清热消毒，润肠通便，对皮肤干裂、声音沙哑也有一定疗效。

我记得小时候秋游镇平杏花山的菩提寺，寺庙前有棵丹桂，很高大，金秋时节，满树金花灿烂，半坡山都浸润在甜丝丝的香气里了。老师再三叮嘱"不要摘花"，我们几个女生瞅个空子爬上去，摘了半口袋花，藏起来，一路上小心地护卫着……归途中，老师闻到了香味，批评了我一顿，过后说："已经摘了，就物尽其用吧！下不为例！"我那时住在老师家里，和她的三个孩子一起生活学习，到家后她将桂花、纯藕粉加白糖冲调成桂花藕粉，我们四个一人一碗，味道美极了。老师说："把小枣加糖煮，汤将要熬干时，加入桂花，就能做成桂花蜜枣。"但是一直没有尝试去做。

长大后，我用的香水、家里用的空气清新剂也都是桂花香型的。我曾梦想在自己院子里种几棵桂树，可惜院子里没有土地。好在工作单位有几棵，这个季节，就是最赏心悦目的时候了。尤其是绵绵秋雨飘飘洒洒落下时，那桂花被蒙蒙细雨沾湿了，更显得娇艳动人，芳香扑鼻。静下心来，那香气会一丝丝、一缕缕地飘来，在你不经意间，迈着轻轻的脚步，悄悄地渗进心脾。所以一有空闲我便站在树旁，让心灵安然地沐浴一下芳香。

对桂花，除了喜爱，更敬佩她们安之若素的生活态度。苏轼说：“此心安处是吾乡。”这是对生命彻悟的话。不管遭遇怎样，皆能平心静气！在人是不容易的，必须经历几次大风大雨才能彻悟；而树就不同，仿佛是与生俱来，根本无须彻悟，并且越是低贱的树，生命力越强；那些过于名贵的树，对环境过于挑剔，反而会导致生命过早消亡。而所谓的名贵，不就是人类冠之以的名誉吗？除了使生命更受束缚，对于自身，到底有着多少意义？这棵棵桂树，既不失名贵，又兼具可贵的谦和大度，那缕缕清香，有着对生命无限的眷恋和诠释。

桂花开了，香了宛城。折桂而归，我的书屋便也有了馨香雅致的韵味。每当这个季节，欣欣然置身香阵中，仿佛进了氧吧，贪婪地吮吸，让整个肺部，尽可能吸满浓香，直至将残余的废气统统置换。然后展开书卷，香气就在纸面的字里行间轻拂；翻动书页时，袅袅香风随鼻翼翕动；低首，隐隐有暗香习习；抬头，熏风滤过黑发，缱绻着芳幽。氤氲在花香里好幸福！难怪诗人笔下总有那么多绝美的描述：“桂子月中落，天香云外飘”“芙蓉泣露坡头见，桂子飘香月下闻”……我心里也在默吟：

伫立寻思感万端，散金如此聚应难。
鸣虫细语分零粉，弱蝶轻飞扑锦纨。

心中眷恋着桂花，但桂花总是要落的。她们从繁密的花叶间一星一星坠落，静静的。“人闲桂花落”，对王维诗中的境界此刻才有了意会。可惜现代人总难得空闲，难得享受。我，心里已盛满了桂香……生命如斯，当无憾矣！

暮秋乡村的“红灯笼”

去药都市场给母亲买几味中草药，穿过苏庄时，发现路旁居然栽种着很多柿子树。树上圆圆的柿子，压弯了枝条，有的才微微泛黄，有的青绿中透着橙黄，有的又像天边多变的彩霞，又到“大红灯笼高高挂”的时节了。

记得那年，我们刚住到城市里。有一次母亲去山里要账，回来时竟扛回来个“花果山”——小货车里塞满了柿子树枝，上面满是柿子。原来母亲同情山民，账没要回来，却把山里运不出去的柿子，摘了些抵账。

母亲说山里的空气好，蓝天下，漫山遍野的柿子树，红彤彤的一片，美极了。可是她高兴不起来，替那些山民难过。母亲亲自攀上树，折下带着柿子的枝条。母亲临走，还把仅有的一百块钱塞给了那户山民。

母亲在屋里墙上钉了很多钉子，把柿枝挂在墙上，像极了“花果山”。那时嘴特别馋，一放学就盯着墙上挂的柿子，捏捏哪个软了，就摘下来剥了皮，滋溜溜把果汁吸干净，再舔巴舔巴嘴唇，才心满意足地去写作业。

如今想起当年的画面，想到已经不能爬树给我们摘柿子的年迈的母亲，鼻子就会发酸。母亲背佝偻了，眼看不见了，胖胖的身子如今瘦了四十多斤……买药回来，我边煎药边告诉母亲，城市的街道也会有柿子，还说起了当年母亲用柿子装扮的“花果山”，母亲笑了：“那时一屋子的柿子，我也没舍得尝一个。”“啊？你不是说吃了胃疼吗？”我一下子愣住了，眼泪“哗”地就下来了，原来是母亲舍不得吃都留给了我。

这时老家打来电话：“国庆节回来摘柿子。”所谓的“老家”，是西岗上一个叫“楼上”的村子，祖上的老房子早不存在了，老家就剩下亲戚了。“墙头累累柿子黄，人家秋获争登场”的画面引诱着我……老家的农户，大多喜欢在自家房前屋后栽种些桃树、杏树、梨树、柿树、葡萄等。春季，花开时节，桃红杏粉，远望虽比不得陶渊明的“世外桃源”，却也是一幅宁静和谐的村居图。人们伴着花开花落，日出而作，日落而息，闲暇时摆弄几垄菜地，几棵果树，心里就有个盼头，盼望收获季节的到来。

我的童年时代，邻家院子里也种着几棵柿树。春天，柿树冒出了绿绿的小嫩芽，像一个个小犄角。到了四五月份，茂密的枝叶像一把巨大的绿伞，枝头开出一朵朵淡黄色的小花，吸引着成群的小蜜蜂围着大树翩翩起舞。花谢以后，就结出无数个小小的青色的柿子。我常常趴在墙头上，觊觎着那些青柿子，柿子发出绿幽幽的光泽。趁人不备，我偷摘下一个就咬，顷刻间那种涩味从舌头一直蔓延到全身……就从那次后，我永远地记住了柿子的涩味。母亲说：“过日子就像吃柿子，没有先前的苦涩，就没有后来的甘甜，要学会等待。”品味着母亲的话，耐心地等到中秋过后，柿子由青绿渐变为淡黄、深橙、红彤彤。暮秋时，枝头一片叶子也不见了，如灯笼一般的柿子闪着耀眼的红，红得喜人，红得醇厚。秋风虽紧，柿子却结实地挂在树上，待到某天雪花悄悄飞舞，一夜过后，树上出现“白雪红梅”的视觉盛景。这时摘个柿子，用牙齿把柿皮轻轻咬开个小洞，插上一根麦秆，吸一口如蜜汁似的柿肉，闭上眼，口中的那种甘甜与冰爽渗进肺腑，直到手中的柿子变成瘪瘪的一层皮，再也吸不到任何东西了，才不舍地扔掉。

“回家啦！”表叔热情的招呼声，将我从回忆中拉回。亲戚家的几棵柿树果然很争气，一嘟噜、一疙瘩、一串串的柿子，红的火红，黄的泛金，犹如一盏盏红灯笼高高挂满枝头，把柿树都压弯了。一阵秋风吹过，叶子和柿子就随风摆动，红果配绿叶，色彩搭配极其醒目。

“我来摘！”这时候我才不管什么斯文呢！像当年母亲那样几下就爬上树，“小灯笼”就挂在我前后左右，毫不费力地摘下熟透了的柿子，握在手里软软的。我轻轻撕掉一点皮，放在嘴边一吸，就吸到那比蜜还甜的柿汁，从嘴角一直甜到心里，哈哟，找到那种久违的感觉了。

柿子营养价值高，浑身都是宝。有清热去燥、润肺化痰、止渴生津、健脾止血等功能。乡人把吃不完的柿子做成柿饼，易于存放。上面那层白霜是葡萄糖结晶，堪称柿饼的精华。柿子盖儿是一味中药，有一次我吸了凉气，不住地打嗝儿，母亲抓一把柿子盖儿熬水让我喝，竟然止住了。

我摘了一大袋柿子，满载而归。回来后，我把它们放进塑料袋子，再塞进两个苹果，扎紧袋口，这样处理后，三五天就可以吃到软了的新鲜可口的柿子了。

刚把柿子处理好，母亲打来电话，我告诉母亲：“今年的柿子让您吃个够！”母亲说：“柿子虽好，但不能多吃，更不可以空腹吃柿子……”

听着母亲的叮咛，想到大红灯笼高高挂的柿树，想起柿子那饱经风霜后热情的红、纯粹的甜，想起柿子蕴含的母爱和回忆，心一下子就温暖起来……

漫山红叶总关情

一枚红叶，于我，便是一片森林；一声鸟语，于我，便是一座幽谷；一首好诗，于我，便是一声召唤。期待终于变作现实，终于可以去观赏桐柏黄冈的红叶了！

唐风子曾作诗形容那里的红叶：“桐柏黄栌血染成，漫山烈火灼秋风。长淮盘古开天地，尚听英雄鼙鼓声。”

桐柏，是出英雄的地方；黄冈，是赏红叶的胜地。景区介绍说：这里的红叶以黄栌树为主，它们不同于其他树种，黄栌绿时耀眼，红时烂漫得无止境。桐柏黄冈红叶早已声名远播，它们扎根于山峦，遒劲有力，像点燃的野火，在层层山峦间蔓延，烧红了山岭，染红了萧索落寞的秋天。

真有这样壮观和神秘吗？一路上，心中勾勒着万山红遍的美景。走过停车场，眼前一道飞檐翘角的牌楼，“桐柏红叶”四个金字熠熠生辉。极目四望，在碧朗的秋空下，远近山峦尽情地舒展着“万山红遍，层林尽染”的恢宏长卷。深秋时节，恰是观赏红叶的最佳时期，难怪游人如潮。随着涌动的人流，怡然自得地跨过山门，走进这个红色主宰的世界。

景区内怪石嶙峋，层峦叠嶂，沟壑万丈，野生植物种类繁多。满山的火红或橘红，一枚枚，一束束，如跳动的火焰，像灿烂的云霞，似嬉舞的林蝶。连绵起伏的山岭郁郁葱葱，红、绿、黄、紫，色彩斑斓，红是这色彩中最浓重的主色调，在绿黄中跳出眼帘，一团团，一簇簇，如旗帜一般的红叶连绵在山头，和远天相接，将半个天空都燃烧了，极为壮观。放眼望去，远山泼墨，近似工笔，以大红为主色调一路铺开，五彩纷呈，这是我见过的色彩最美的山谷！置身其中，仿佛走进了梦幻世界里，真是“秋天的童话，红色的经典”。

从天涯户外群陈哥那里了解到：黄冈红叶，由黄栌树所生，面积约10平方公里，数量5000万至8000万棵，面积之广，数量之大，世之罕见。黄冈红叶，自然造化，或稀或稠，浑然天成，稀如棵棵盆景，点缀山间；稠则团团簇簇，红成一片。有的间生于青松、黄槲之间，因此色彩丰富。森林藤蔓里还有三百多个奇异景点，如盘古卧像、情人石、狮子峰、仙浴池、古乐洞等，林、景交相辉映，妙趣天成。

沿着崎岖蜿蜒的山路前行，美丽的景色总会在峰回路转处不经意间跃入眼帘，给人一种意想不到的惊喜。一路崖壁参差，秀树映彩。“莫听穿林打叶声，何妨吟啸且徐行。”游人很多，喧闹属于他们，山间那份旷远和宁静却是属于我的，我悠然地且吟且行。

火红的色彩醒目地点亮了我的眼眸，定格在我的生命里。无论叶片的形状、线条，还是脉络，都彰显着生命的饱满。远景、近景、逆光、热烈而又极富诗意的红叶，幽静而又极有韵致的山峦，灿烂而又狂野的山菊，甚或一块突出的岩石，一棵崖边的小树，都是我饥渴捕猎的画面。

峰谷相连，林海奏乐。浪漫的红叶树，诗意的槭树，朴实的大叶杨，还有挺拔的针叶松，它们或幽生于谷底，或屹立于峰巅，或与红叶毗邻，呈现出的那种或俊朗或优柔的风姿，让我真切地感受到生命的别样之美：

热烈、深邃、剔透。是诡异的魔术师一夜之间施展万千变数，是丹青妙手泼下大桶颜料，以油画的方法把红叶装扮得缤纷多彩，将漫山遍野染成了彩山。

看啊！千万簇火苗在燃烧，那蓬勃的张力好像随时都能爆炸一般。它们以风为琴，以树为弦，在浩浩晴空下演奏一首《深秋恋歌》。它们把思念在枝头燃烧成烈焰，告诉世人：我们已经走过春的繁华，夏的峥嵘，厚积了这一腔热血，奉献给心中的挚爱——爱就爱得波澜壮阔，爱就爱得声势浩荡。

远望枫林，火焰腾空；近观枫叶，精巧细致。我，被这种美震撼了，陶醉其中，神游于天地，忘乎所以地奔跑在这片热烈之中，风在耳畔呼啸，我似乎变成一片红叶飘上云端……以至于腰间的包何时断开丢失了都不曾察觉，待到发现后，急往来路找寻，一位脸庞如枫叶般美丽的女子站在我丢包的地方等着呢，我拿着失而复得的腰包，大喜过望，感叹不已：人入红林心亦赤啊！

“袅袅兮秋风，翩翩兮叶下。”一叶漂泊，一世梦遥。翩然而歌，悠然含笑。沿着石阶穿行在红叶林，向着山顶的紫云亭。午后的阳光暖暖的照着，泊在草丛间的红叶，如一汪思绪，盈盈而动！我想，定是那千年的相思，才凝成了这片片红叶。

通往紫云亭的石径上，一片又一片叶子慵懒地躺在地上。深绿的、浅绿的、墨绿的、淡黄的、褐黄的、火红的、橘红的……清风拂过，叶儿缓缓动一下，又懒懒地停下，暖暖地看着过客。几片红叶飘落，如红色蝴蝶般翩翩起舞；一缕阳光，如水般流泻在发间。是谁用天边的红霞，缥缈的白云，织成这一山绯红的绸缎？

山腰处有一汪湖泊，绿莹莹的，清澈如镜，湖边簇拥着几棵黄栌树，叶子也红在绿黄间。湖畔周围的山峦，被红叶覆盖，映在水中，半池瑟瑟半池红。置身在清静如梦的秋色中，远离尘世的喧嚣，此刻，身心已经融化在千般妖娆，万般旖旎的红叶丛中，如梦幻般的安然。以至于野餐时还魂不守舍，呆呆凝望这湖、这山、这水，不知不觉端起陈哥倒的一大杯酒一饮而尽，醉仙之意不在酒，在乎红林之间也！

红叶散生在常绿林中，如旌旗飘扬，纤细娟秀，灿若云霞。俯身捡起几片红叶，红光亮泽，饱满无瑕，喜爱至极。其中一片叶面上有一小块灰斑，虽不尽完美，却比另几片更加鲜红，翕动鼻翼，竟然有淡淡的清香。就如人生，人人都希望完美，可谁又能真正的完美无瑕？看红叶在风中泰然自若地摇曳，没有刻意的张扬、掩饰、做作，该绿时绿了，该黄时黄了，该红时也尽情地红了，一切都顺其自然。

这漫山血红的生命色彩，让我感悟到：不完美也尽在完美之中了。相信若干年后，当岁月的犁铧犁过我的额头，当时光将白发植入我的鬓角，这份美丽的珍藏，依然会让我在某个梦醒的清晨或醉人的黄昏发出舒心的微笑。

我喜欢秋的厚重凝实，喜欢秋天金黄的收获，更喜欢秋天这火红的奔放。看着红叶兀立霜天的姿态，想到它们傲然不群的品性，立刻诗意盎然，思绪天马行空般荡漾开来。编织了一季的歌谣，就这样被风中的红叶带走了。也许，心中对红色充满了太多的渴望，情感才会如此的迷失；也许，只有经过了霜寒，红叶才会如此的娇艳。

清乾隆帝有诗：

迭嶂青云放晓晴，乍看红叶一枝横。
徘徊体物难成句，几点玫瑰衬绿琼。

可见，自古以来，红叶就是传情达意的信物，是表达爱恋和思念的载体。片片红叶似羞赧的笑靥，红红的盛满柔情蜜意。只有理性思维，才能感悟红叶传达出的哲理——信守承诺，愈挫弥坚。只有痴情的人，才能读懂它那久历岁月风雨沧桑的爱恋。红叶为秋时情意最重，一生坎坷，半世情感，风雨寒霜，相侵无怨。朴实无华，为人咏赞，漫山流丹，漫山思恋。晚霞红叶激情醉，相思回味谁更美？

红叶，也只有当它红透，红得发亮，才昭示着成熟，那是一种执着，一种历经沧桑后登峰造极的生活积淀。是诗的章节，是歌的旋律，是画的魂魄。世间万物都以各自不同的形态昭示着生命的含义，当枫叶悟透了四季轮回，在生命的过程中，它不加掩饰地挥洒它的情怀，毅然选择了火红的色彩，它怀着对生命不离不弃的追求，积聚全部的能量，虔诚地投向大地的怀抱，流露它对脚下这片土地深沉的爱。

还不及真正悟出红叶的内涵，西边天际，夕阳已经托起霞光，金色的余晖照亮了山野，片片红叶泛起耀眼的金光，在秋风中舞动，掀起阵阵火红色的波浪，在夕阳下绚丽夺目。此刻，我已陶醉在了梦幻般的仙境中……鲜红鲜亮的叶子啊！点燃了秋天的激情，染红了秋色，给人秋的遐想，秋的感叹！默默述说着秋的美丽，秋的灿烂，秋的金贵。无声地展示着秋的胸怀，秋的丰采，秋的生命！

此情此景，一幅浪漫的画面浮现眼前：漫山红叶的黄昏，与心上人吹着凉爽的山风，站在峰巅，看夕阳与红叶相融，感受着血色浪漫；并肩穿行在红叶丛中，一起品读“蛾眉倘许酬霜叶，愿结同心一片丹”的诗句；或坐在红叶铺就的地毯上，忘记时空，看夕阳、远山，听风飒飒、叶沙沙、鸟啾啾……

草长一春，人生一世，爱就爱得轰轰烈烈，爱就爱个天翻地覆，走自己的路，快意人生！

漫山的红叶，引我深情回望。真的好想留下来，做黄冈的一介谷主，着素衣，饮清泉，或者仅仅做一棵树上的一枚红叶，在秋天里高歌，在秋天里激情燃烧……

桃花依旧笑春风

一

那枝桃花，美艳无双，风姿绝刹！眉心印着前世血色的朱砂！

金戈铁马已经远去，留下古道苍凉寂寞的梦……

萦绕那枝桃花，清风撩起你的眉睫，季节嫣红你的面颊，依稀如画，尘埃半缕，拂走辗转的落寞，一纸素笺流落天涯，历世而不衰，流传代代，这故事叫：桃花依旧笑春风！

二

因为痴迷，一路追寻……

关于桃花的哀婉情节，想以轻盈的姿态驮起她绮丽的一生。

那个如桃花般的女子，在命运的风沙扬起时，孤独地起舞，华丽地盛开，婉约地等待，如同壮士马蹄下惊颤的落花，英雄宝剑下低垂的流苏。

在一个清风明月的子夜，她薄施粉黛，款款而来，一副轻盈的颓废。她推门凝视，门外落英缤纷，些许感伤。

她用纤手抚琴低吟，憔悴忧伤，抖落一地。

她的才艳高高在上，她的追求却如此卑微，就像落花不经意间坠入尘埃。

三

那年春天，茫茫人海中的邂逅，温暖了一个乍暖还寒的日子，也温暖了尘世间一颗冰冷仓皇的心。

桃花盛开，其颜灼灼，人面桃花相映红！

春风吹酥了土地，她在花间流连，揭开那层隔离尘世的粉纱。

那一刻，她仿佛望见自己的心嫣然开放，宛如眼前千树桃花万枝香，只想做一次最美的飞舞。

她伸出等待的双手，却握不住那薄如蝉翼的幸福。

离别时，背影孤单。她用生命舞起一场桃花雨，她将容颜化作一支彩笔，冷冷清清行走在她生命的画卷中。

她用瞬间的明艳韶华，换一世的清冷寂寞是否值得？

最终她明白，她的花开终究是一场女子的独舞。

四

香风入帘，唯有桃花灼灼灿；真情相伴，唯有桃花等千年。

让桃花依旧在春风中微笑，让人面桃花依旧相映红。

生如桃花之短暂，开如桃花之绚烂，来年依旧在此等桃花盛开！

弹指间，刹那芳华；再回首，昨日已逝，连同那些风花雪月的故事。

桃之夭夭，灼灼其华，一场与桃花的邂逅，醉了多少春红。

四季轮回，忘不了那个前世的约定，一树树桃花踩着季节的节拍，乘着三月的春风翩然而至，她永远是那初见时的嫣然与惊艳。

五

每一簇花团都仿佛是从赤褐色的枝头喷涌而出，簇拥着、挤压着、重叠着，如海、似潮、如梦、似幻，染红了天际，浸透了晚霞，好一幅春天的画卷。

桃花艳，凭栏处，粉色海洋犹如云锦落入人间。来了去，去了又来，暖了帘外春，醉了风中人。

桃花朵朵开！那一树树饱含浓情的绽放，不正是在等千年的邀约吗？

有情人依偎着坠进了花海；老人步履蹒跚，用微笑细数着美好回忆；画家饱蘸浪漫的粉色，绘就美轮美奂的一枝春；

诗人穿过平平仄仄的桃林，留下芬芳的诗行；

幸福的桃农精心为桃花梳妆，憧憬着盛夏饱满的果实。

……

一闪、一瞬，美好尽在其中，如玉似锦的花海，浅浅微笑荡起一个个旋涡。

我漫步于此沿途欣赏，沉醉在你动人的色香里。

六

那些花朵在浅阳中娇艳着，无论你蹲在哪里寻找角度，倩影都会魅惑在花丛中。暗藏的一分忧伤，知心知性，永恒持久，那是几世轮回带来的妖媚。

爱花是一种情感，花儿是一种陶冶情操的东西，花开花落，花落花开，正是应了四季的等待和轮回，不将悲观与失望于过往中遁迹，相信落英会育出新蕾，生命才得以一次次无限延展。

在这转瞬即逝的花季，我们了然了生命的真谛，如落英般恬淡无悔，春天的美是追求与希望的过程，而生命正是徜徉于这美的过程之中。

七

静坐在流年的一隅，看花儿盛开，看绿意渲染。

采一朵花的馨香，携一缕柳韵的温婉，听风起，枕花眠，放下喧嚣与杂念，定格时间，记住与花的初见。

抚琴一曲，不问曲终，人聚人散。煮一壶春色，邀东风为媒，唤醒一树花，一个念想，让无法阻挡的思念，凝聚簇拥在春的眉眼间，这何尝不是一种与世隔绝的情缘？

不语亭亭郁金香

“兰陵美酒郁金香，玉碗盛来琥珀光。但使主人能醉客，不知何处是他乡。”李白一生钟爱美酒，著名的兰陵美酒，是用郁金香加工浸制的，带着醇浓的香味，盛在晶莹润泽的玉碗里，看上去犹如琥珀的光艳。诗人面对如此美酒，愉悦、兴奋，思乡之情被冲淡了，忘了自己身在他乡，一扫令人沮丧的外乡异地的凄楚情绪。儿时母亲给我讲解这首诗时，就已经迫切想知道郁金香为何物。

后来在一本书里得知：在古罗马神话中，郁金香是布拉特神的女儿，她为了逃离秋神贝尔兹努一厢情愿的爱，就去请求贞操之神迪亚那，把自己变成了郁金香花。所以，郁金香有一种含义就是“贞操”。西方的观念赋予郁金香以高贵典雅，似乎有一种根深蒂固的傲然美感。郁金香会使人联想到美丽的女子，那种有着传奇故事的女子多情而又聪慧，我想：关于郁金香花的故事一定不止一个吧？郁金香，在我心里有着一种与生俱来的神秘感。

原以为这种名贵的花种只有在荷兰那样推崇郁金香花的国度可以欣

赏到，没想到这个春季，新野城举办郁金香花展，几百万株郁金香啊！它们飞跃海洋，翻越千山，来到中原的腹地，我一定要亲眼看见其繁花似锦的壮观场面，感受神秘的花儿带给我的震撼。

四月的一个晴和的日子，我终于与郁金香邂逅在风车摇响的白水河畔。我惊诧了！多姿多彩的郁金香，连成一片奶酪般甜蜜的花田，它们是用香奈儿做成的花瓶，它们孤傲地用排箫吟唱着云天外一首空灵的歌。

放眼望去，清澈的河水碧波荡漾，在阳光照耀下金光闪闪，如同一颗颗璀璨的明珠在闪耀。河畔，仪态万千的郁金香全部盛开。这边娇艳的粉色郁金香，羞答答地随风舞动；那边火辣辣的红色郁金香，风风火火地绽放着；那些黄红相间的，就像一个个美丽的仙女舞动着裙摆；雪白的应该就是爱情的天使，将一支支爱情之箭射出，人们就会永远相亲相爱；活泼的橙色郁金香颜色鲜亮。金色的洋娃娃们在跳芭蕾舞；黑色的金刚神秘地绸缪着，红色的跳跃着一团团火焰，粉色的却在天边燃烧起红霞，七彩的郁金香，如同彩绘绸缎，透着神秘，团团簇拥的花瓣，如同丝绒般闪着奇光；这枝如雪如玉，素雅洁白，清冷地绽放，在人们目光的温存里轻吟浅唱。浪漫的情调在旖旎，不朽的尊严也露出了甜美的微笑……成群的小蜜蜂作了花丛里灵动的精灵。

郁金香花色缤纷，每种都有个美妙动听的名字：像烈焰般炽热鲜红的叫斯巴达克；如黑夜般神秘幽深的叫夜皇后；白花镶有浅红花边的被誉为中国女子。叫“柔道”的郁金香，叶子柔软，花色鲜红；叫“奥地利斯”的郁金香，花朵粉红，淡淡清香，素雅若仙；那叫“橙色之光”的，深红中隐着一点淡淡的橙色，好似红色天空中闪耀的橙色星星；“紫色王子”和“紫旗”，更是天地间的绝配；叫“领袖”的郁金香，花瓣硕大，粉里透白，香气虽然浓郁，但比香水清新，使人沉醉不忍归。

不同颜色的郁金香代表的含义是不同的：白色郁金香代表的是纯情和纯洁；红色郁金香代表的是爱的告白和喜悦；紫色郁金香代表无尽的爱和最爱；粉色郁金香代表热爱和幸福；黄色郁金香代表高贵和珍重，

以及拒绝和无望的爱：黑色郁金香代表高贵。

漫步花海，一片片、一丛丛的郁金香竞相开放，艳丽而温馨，与低矮的小树篱，平整的草坪，高大的乔木相映生辉，使得公园颇具荷兰风情。仔细观赏单株花，它造型奇特，花朵像王冠，叶子有点像宝剑，球根又像一条条的黄金。在一株一株郁金香的枝头，一朵朵娇艳艳的花儿纵情怒放，嫩得要滴出水来。在三五片宽带状的叶中央伸出亭亭玉立的花骨朵，花瓣重重叠叠，中间有着各色的花蕊。郁金香花或如酒杯，或如尖荷地绽放着，清新雅丽，光彩照人。

郁金香品种数不胜数，花色由浅及深，如同浸水的丝绸，又薄又轻软，阳光下仿佛透明一般，如飞溅的七彩浪花凝结在草甸里，鲜明而生动，缕缕馨香从内心最温暖的回忆中溢出。此刻，郁金香被霞光染成浓烈的色彩，晨风里嫩叶微晃，寸寸斑驳，铺叠满地，恰如一幅颇具西欧风情的软木画。

只有浓墨重彩才会造出这激情洋溢的场面！你且陶醉吧！和煦的春风裹着香味，迷人的阳光被撕成丝质般的碎片，小心翼翼地融进郁金香张开的唇角，驻留在亭亭绿意的茎秆里，停驻在小巧玲珑的杯盏里，承袭了初春暖阳的特质，肆意浪漫地溢出万千风姿，如诗一般泼洒开来。花儿绚丽地开，优雅灿烂、热烈非凡，如此规则的图案犹如一轴精美的画卷，万紫千红点缀不出如此的彩绸锦缎。那一道一道的霓裳般美丽的花潮，那令人迷幻的花儿哟，带给人间的岂止是惊叹和感激？

在春天的交响曲里，我欣赏到美丽高贵的郁金香，感受到春的不同凡响。美丽的姿态千千万，有郁金香相伴相随的春天竟是如此美好！

郁金香是爱的化身，是成功的象征，是花族的骄傲！代表着纯洁的友情、永恒的祝福。妖而不艳，丽而不媚，谦恭内敛，在季节深处，渲染春天的神奇。

郁金香哟，想来你是为前缘而来，我定真情相伴，无论圆缺，在花期里和你痴缠。

第二辑　小巷深深深几许

总是固执地以为小巷尽头一定有一个美丽的传说。但往往是行到巷口，便望见清凌凌的江水，碧波摇曳着岸边的吊脚楼和花木的倒影，折射到小巷的粉墙上，晃啊晃的，晃得人眼花。这可真是“幽巷枕河”诗意浓啊！看沱江从远处飘逸而来，于吊脚楼前跌宕起伏，载着岸边的竹筏小舟，与各条小巷深吻一下，便缠绵柔婉而去，于是凤凰的每条小巷便含了深情，宛如多情的女子从此开始了矢志不渝的守望。

突然明白，小巷其实不神秘，它只是幽远；小巷其实不传奇，它只是和历史等长；小巷也不痛楚，它只是时时刻刻牵着游子的心走……

小巷深深深几许

在我的“词典”里，小巷总是和神秘、传奇相关联。

我的家乡南阳位居中原，虽是小城一座，却也称得上是名都古邑，古代五大圣人都曾生活在此，智圣诸葛亮、科圣张衡、医圣张仲景、商圣范蠡、谋圣姜子牙——人杰只因地灵啊！我庆幸此生能生活在这座城市，但我不留恋南阳城里的高楼大厦，也不眷顾宽阔的大马路和“八脚鱼”似的立交桥……这座城市棋盘似的长街纵横交织，间或深巷阡陌点缀，仿似一部厚重的史书，常常使我痴迷于这座城市的文化魅力。

学生时代一个冬日的午后，我骑车穿行在市区一些从未走过的小巷，并无目的，只是心血来潮，也许只是想要找到戴望舒笔下的《雨巷》吧，或者是希望逢着一个丁香一样的结着愁怨的姑娘？

不经意间拐进一条一米多宽的巷子，两边青灰色砖石缝里长满了青苔。古墙的色彩和厚重吸引了我的目光，但冬日的萧条和小巷的空寂又令我生出一丝惊惧，踟蹰不前。蓦然间，一缕二胡的乐音袅袅地飘过来，含着浓重的忧郁和凄凉，甚至比阿炳的《二泉映月》更摄人魂魄。当我从一种不可言喻的幻境中醒悟过来时，发现自己不知何时竟循着那旋律停在了一堵矮墙的木板门外。

透过门板缝隙望去，皑皑白雪中一树红梅怒放，树旁一位花甲老人，苍老的手指，在两根弦上激动地飞舞。松香的粉末聚集在羊肠弦的周围，在枣木的琴杆一侧，细弦紧绷，蛇皮深吻着竹筒，一缕马尾左右奔突往来着，牵动着一道忧伤的拖腔滑进我的心田，我震撼了。那是幽咽的河水在薄冰下的流淌，如血液汩汩于血管中……

波澜起伏的旋律，让听者的心与二胡的颤音强力地和着节拍……

之前听说过一个故事：一个下夜班的女孩子走进这条深深的小巷子，却发现有个男人尾随着……心里非常惊慌，却不敢停下脚步，她越走越快。小巷子黑乎乎的，后面的脚步声也突然加快了，近了，近了……魂飞魄散的姑娘突然一转身，颤抖着说："大哥，求求你送我出这个巷子吧——太黑了，我怕！呜呜——"那个黑影子僵立了，半天才艰难地说："白怕（南阳土话，是"别怕"的意思），哥——送你！""黑影"把姑娘送进了小巷最深处的家后就悄然离去。姑娘把故事讲给大家听时，大家说是姑娘智慧的话语触动了"坏人"心底的"良善"，也有人说是小巷的醇厚和正气护佑了姑娘。

从此这条城中小巷，不知在我梦中盘绕了多少回，那个下午，花季的我突然懂得了小巷的深层含义。而我青春的思绪也由此蒙上了一层瑰丽的、神秘的、朦胧的轻纱，也不得不信："一方水土养一方人，护一方人。"

如果说故乡是每个人心中一首最美的诗，我的这首最美的诗，韵脚全落在那条小巷子了。随着城市的改建，那条小巷子消失了，一种深深的遗憾便又潜滋暗长，结出一枚叫心痛的果子，在我心绪忧郁的时候便蹦跳出来，肆虐地咬噬我的心，一年又一年……

直到我去了凤凰古城，惊讶地看到了无数古老的小巷，曲曲折折，横横竖竖，交错契合，宽的四五米，窄也不过一二米长；长者蜿蜒数里，短者不过数十百步；有的是断砖仄铺，有的是石子平垫，更多的是光溜溜的青石板无规则地码在地面……这些小巷子走着踏实、平稳、坦荡，走着浪漫、稀奇、神往！脚轻盈地在巷道上留下一串清音——“嗒嗒”“嗒嗒”，踩出的是一种独特的韵律。

在古城待了数日，不知不觉心里的那枚果子渐渐焐热了，长熟了，甜香味儿丝丝缕缕溢出，很快就流成一条欢快的溪流。只要有空，我就挤出时间来，沿着小巷，缓缓前行，品味它的气息……

总是固执地以为小巷尽头一定有一个美丽的传说……但往往是行到巷口，便望见清凌凌的江水，碧波摇曳着岸边的吊脚楼和花木的倒影，折射到小巷的粉墙上，晃啊晃的，晃得人眼花。这可真是“幽巷枕河”诗意浓啊！看沱江从远处飘逸而来，于吊脚楼前跌宕起伏，载着岸边的竹筏小舟，与各条小巷深吻一下，便缠绵柔婉而去，于是凤凰的每条小巷便含了深情，宛如多情的女子从此开始了矢志不渝的守望。

来的几天，赶上几场雨。雨水从屋檐跌落，将小巷敲打成古老的乐曲，如泣如诉、低沉单调的节奏，让一颗浮躁的心渐渐归于宁静。当游者的心和这雨奏的音乐融合共振时，不经意间，你就觉出落寞与凄清不知何时已悄然滑落在你身边。让你情不自禁地想象着“小楼一夜听春雨，深巷明朝卖杏花”的意境！小巷里虽有撑伞的女孩儿走过，却不是那个撑着油纸伞如“丁香一样的结着愁怨的姑娘”，她们有着太多的匆忙和时尚的点缀——没有那份恬静和淡淡忧愁。在你怅然若失的时候，偶尔一两声民谣，从巷子尽头的某家酒吧流淌过来，小巷因此显得更幽、更静、更深了。而我此时，站在过去和今天叠交的巷口，生出一种念想，想挽住雨帘，常驻小巷，恒久一个梦境！

“雨落小巷”的韵味还在心里潺潺流淌，一抹忧郁爬上眼睫毛，就要湿了眼眶时，发现雨停了，一群孩童叽叽喳喳“飞”进小巷，巷子里的积水“噼噼啪啪”被踩出一串串水花，配合着檐角雨水缓慢滑落的嘀嗒声，形成一支交响曲：有急有缓，有主有次，铺垫渲染，真是另一番韵味！转身处，斜阳挂在巷口，脉脉凝望着湿漉漉的巷子，缱绻着不肯离去，似乎在等待着什么。

我执拗地想要寻找小巷潜在的那一部分独特，慰藉我多年来的“遗憾”——但凡到了一个陌生的地方，我不可能长久逗留，我总要带走些什么吧！我的心野正在被混凝土一点点蚕食，不长谷物和青草，哪里还有什么生机！不如就带了小巷的蜿蜒和幽深归去，让我的梦境多一抹色彩的装点。

清晨，一缕柔风拂过，碧波摇醒了岸边的吊脚楼，是谁家孩子的哭声夺窗而出？谁家院里的犬吠惊了四邻？我探出头去，那是谁家的凤凰花绽放了第一个花蕾？这是谁家的常春藤越墙而出？小巷陡添几分生机！我看到花木的倒影，折射到小巷的粉墙上，小巷便有了水的清新，水的清凉，水的清韵。

午后，人们留恋巷子里的清凉吧，端着饭碗聚到古巷里，家长里短，奇闻逸事都从小巷播报而出。小巷如同长长的录像带，忠实地摄录下生活中的精彩片段……但是孩子们不愿听这些，他们抵挡不住沱江水的诱惑，三五成群，纷纷涌出小巷，“扑通扑通”跳进巷口的河水中。

黄昏，渔人悠闲地走向渡口，橹声里飘出一支“撒网小调”，满河的碧绿波动着夕阳的影子，闪闪烁烁，鸬鹚雕塑般立于船头，只等渔人一篙拨开，便扑棱棱扎进水中，顷刻间叼着一条拼命摇头摆尾的鱼儿，炫耀着靠拢渔船，好一幅“渔舟唱晚”图……此刻，小巷里到处弥漫着鱼鳖虾蟹的香味，“吃饭咯——”，呼唤声在巷子里此起彼伏，浓郁的乡音拖着，被窄窄的小巷挤得韵味悠长，在巷内回荡萦绕，绵延不绝……于是，鲜美的饭菜味儿裹着醇厚的酒香，沁透了小巷的一个个黄昏。

夜，万籁俱寂，喧闹被宁静替代，伴着流淌的江水声，一切都安然入梦，仿佛在咀嚼着一个古老的回忆。

条条小巷行行诗。孩子读不懂小巷，却深爱着、依恋着、欢喜着小巷；随着年龄和阅历的增长，终于把小巷读懂了，又千方百计想要离开小巷；果真离开了，久了，累了，却又一遍遍梦回小巷。

条条小巷首首歌。古巷的歌曲是随着血液流淌的，潜移默化地融进了细胞，即使远离家乡也不会遗忘，有那么一天突然听到了异地的乡音，就会潸然泪下。

条条小巷幅幅画。不管是工笔的，还是写意的，每幅画里的色彩浓淡相宜；凝重里的透明，透明里的清澈，清澈里的含蓄，含蓄里的委婉，委婉里的缠绵，都在墨色里被渲染开去，又在一笔一画的勾勒里逐渐清晰。

突然明白，小巷其实不神秘，它只是幽远；小巷其实不传奇，它只是和历史等长；小巷也不痛楚，它只是时时刻刻牵系着游子的心。

小巷深深深几许啊……

凤凰，如梦般的遇见

与凤凰的相识，只能解释为缘分。选择走进凤凰，源于一个美丽的传说：有一对凤凰从这座小城拍翅而起，因此小城得了这个美丽的名字。学生时代读过文学泰斗沈从文先生的《边城》《从文自传》《湘行散记》，沈先生以散淡而有韵致的文字构筑了一座远离尘世喧嚣的小城胜景。渐渐地，奇特的吊脚楼、古老的渡船、铺着青石板的条条纵横交错的小巷、绿如翡翠轻柔清亮的沱江，以及世世代代生活在那里的勤劳质朴的人们——勾勒出我心中凤凰古城的轮廓，恍恍惚惚地存留在我的心中。

终于走进这座“深山里的城池”，不禁又勾起了少年时代阅读沈从文散文时所产生的美好回忆，不能不为她美丽的容颜而动容。当地人说，此前一连下了四天雨，今天刚好放晴了。呵呵，难怪空气如此清新！风清气自爽啊！

远山萦绕着薄薄的雾气，青翠欲滴的山峦在浅雾中半遮秀容，若隐若现，山水是那么缠绵地相依相偎着。古旧的水车辘辘滚动着，随着河流绵延着历史。清可见底的沱江水面上金灿灿一片细碎的光影，几只渔舟荡漾着，慵懒的鱼鹰随着渔翁的号子一头扎进水中，波纹随即荡漾开去，恰似不断扩展的思绪。飞檐翘角悬在河壁上的吊脚楼衬着碧空，仿佛天际飞落的琼楼玉宇，虽在风雨中飘摇却又稳如泰山；那沉默中透出稳重、平和中包含威严的城楼，默默注视着世道的沉浮和兴衰；河畔青石板上，衣裙靓丽、银光闪烁的清纯苗家阿妹赤脚蹲在那里淘米、洗菜、洗衣服，阵阵杵声，裹在姑娘们银铃般的欢声笑语里。

踏上被前人踩出一长溜凹痕的青石板小路才发现，古城所有小巷都用青石板或小石子铺成，纵横交错成小城的血脉，每条小巷的石板都被脚板打磨得油光发亮，看得到小城曾经历的风雨沧桑。仿佛走进宁静淡雅的境界里，也只有从唐诗宋词或丹青妙手的水墨画里才可以寻觅到吧！未及细游，心先醉了……

这是在哪里？难道穿越了？是从现实走进了梦里？还是从梦里走进了历史？

不知何时，已经信步走上了美丽的虹桥，听着桥下潺潺的水声，望着成群结队的游人嘻嘻哈哈穿上苗家或土家族姑娘的衣服留影时，才意识到自己已真正到了那个令大文豪沈从文先生魂牵梦萦一辈子的故乡，到了曾被新西兰著名诗人路易艾黎称赞为“中国最美丽的小城”——凤凰古城，仿佛置身于神话般的世界。

不知不觉已到了沱江的跳岩。跳岩由两排方形花岗岩石墩组成，每块约有三四十厘米宽，中间相隔五六十厘米。行人要想过去最好是一气呵成，大步跨过，而孩童则是跳过去的，跳岩也因此得名。感觉稀奇好玩就跳了几个来回，累了，就坐在跳岩上，感受这份沉静的悠远。忍不住将手伸进河里，河水轻轻滑过指缝，清凉清凉的。置身于此，亦如读沈从文先生的书，他用平和、淡泊的手笔描写故乡那些辛勤劳作的小人物，却让人倍感亲切，思绪悠长……

毋庸置疑，凤凰是美丽的。凤凰之美，美在她有独特的潜质。在地图上，她不过是弹丸之地，可置身城中，却会惊讶地发现，这里居然有着如此巨大、庞杂、奇异乃至矛盾的“容纳”。灵秀的山水与刚毅的赤色长城同在，骁勇的将军武夫与倜傥的文人雅士同宗；这里曾经走出了掌握最现代化技术的中科院院士，却也盛产“赶尸”“放蛊”“神兵”等荒诞的传说；这里过去曾经刀光剑影，而今却安宁祥和……这就是凤凰，说不清道不明的神秘莫测，她定然隐藏着巨大的磁场，否则，怎会有那么多人为之心旌摇曳，为之魂牵梦萦？

毫无疑问，凤凰是神奇的。走进凤凰，等于走进了一部鲜活的波澜壮阔的史书。看！彪悍的苗兵复活了，与官兵隔长城对峙；勇武的“草军”站起来了，为人民驰骋疆场；北洋政府第四任国务总理熊希龄给我们讲述着救国救民的艰辛；文学大师沈从文如椽的大笔闪耀出人性的光辉……这些光环一圈圈荡漾开去，你不由得就思量、沉吟起这座城池的凝重。

凤凰的美更在于她的文化底蕴。听导游说，凤凰古城比较有价值的人文古迹有三处：沈从文墓地、沈从文故居、熊希龄故居，都在城内。一条保持原貌的石板路把城外的淳朴山野气息径直带到了城里。路边常常可以碰到许多苗家老婆婆，背着小背篓，装满她们亲手采集到的花草编成的花环；但凡是女游客，都会欣喜地买一顶戴在头上，还要穿上少数民族的彩裙子照张相呢！沿街商铺林立，但都不大，主人淳朴而厚道的经营倒是让我们这些在城市里待久了的人惊诧。此情此景，我却被另一种感慨挑衅着——辽远天空下的另一些地方，人们能如此淳朴吗？

一路行来，渐渐行进黄昏的余晖里。和三两个知己文友选了临江的“极乐鸟”酒吧坐下来，要了五六个湘西风味的社饭、沱江中的鲇鱼、玉米辣子炒咸蛋、肉炒小笋等，都是让人回味无穷而经济实惠的好菜肴。几瓶冰镇啤酒……边饱口福边感受着江畔的美丽和温馨，呼吸着江风里醉人的芳香，对着虹桥、碧波、水车、低瀑、夕阳、红灯笼浅酌低吟，畅谈风土人情，简直就是享受。这里的酒吧多得不计其数，华丽而不刻意粉饰，淡雅却不矫揉造作，大约人们都希望在辛苦了一天之后，彻底放松一下吧！沉浸在古城的黄昏里，便使人忘了尘世间的一切纷争与喧嚣，品悟的是人生的恬淡与祥和。

夜幕终于降临了。沿江两岸的霓虹彩灯次第亮起来了。酒足饭饱后，漫步沱江岸边，居然见到了出售荷灯的摊位，大大小小的荷灯用彩纸扎成，中间放着一截小小的彩色蜡烛。荷花的造型各式各样，船形、心形等，名称也别致，什么“一帆风顺”“两情相悦”“金风玉露”等。游人依着自己的喜好买了荷灯后，许上心愿，点燃蜡烛放入江水中，任它随波逐流。听当地人讲，放灯时在心中许下愿望，如果灯能顺利漂至江心，并顺水而下，愿望很快就能实现。

放眼看去，沱江水面已有数盏荷灯，彩烛辉煌，映于水面，上下皆明，水动灯摇，烛光明灭闪烁，相映成趣，勾起人无限遐想：感叹这琉璃世界胜过天上宫阙。有诗云：“绕城沱水荷灯满，盛世迎春应佳节。”虽然现在不是春节，但作为一种地方文化，放荷灯已经成为一种祈祷、期盼和祝福的传统节目了。

“今宵酒醒何处，杨柳岸，晓风残月……”柳永的繁华钱塘意境，居然在古城凤凰再现。

听人说，此地的篝火晚会最负盛名，如果不看，实在遗憾。于是相约来到“魅力凤凰”参加篝火晚会，呵呵，又一番人间胜景，令人叹为观止。身着鲜艳民族服饰的苗家姑娘歌舞翩跹，灵动的身影，甜美的笑容，热情的邀约，令来自五湖四海的在场观众群情激昂，高度亢奋。阿梅、阿牛两位主持，谈吐活泼诙谐，仪态端庄大方，节目衔接自然流畅，最夺人眼球的是“上刀山下火海”的特异功能表演，还有阿果先生的反串女声：一曲《枉凝眉》《新贵妃醉酒》让所有人震惊，掌声雷动；互动环节中的“娶亲”，那个执拗的外国人非要拉着新娶的苗家女回他们国家的场面，也把晚会推向高潮；最有民俗特点的节目是“赶尸”，唔，好瘆人！不过这也是世界未解之谜，让人在极度亢奋中增加了一味，真有意思！难怪一到凤凰，便要神魂颠倒呢！

醉了，醉了，这灵气的沱江，流光溢彩的水波，如天籁之音的葫芦丝悠悠扬扬从哪个地方飘出来了？凤凰的夜是新鲜灵活的，走在凤凰中的人也是鲜活的，是抛开了面具、世俗之后的一种真实生活。我陶醉在这深深的自由和迷人的夜色里，这来去从容、神思飞扬，便是一种自由生活的至高境界。在史学家眼里，历史的瘢痕是美的；在环保者眼里，自然的生态是美的；在摄影家的镜头里，千沟万壑是美的；在根艺师的眼睛里，怪异的造型是美的；在我眼中，宁静和恬淡，是凤凰所表现出来的美。

古北水镇，红叶浅浅唱

古北口地处燕山山脉，居山海关与居庸关中段，地势险要，是联系华北、东北地区的重要通道，是历代兵家必争之地，有“京师锁钥”之称。古北口长城是长城诸多关口中的重要关口，全长四十余千米，是保存完整原貌、没有修葺过的明长城，有沧桑而残破的城墙和弹孔。古北水镇有保存最完好的司马台长城，可以在长城脚下参与体验当地的民俗风情，参观独特的农家小院，闲逛繁华的北方商业街，品尝烤肉等地道的北国美食小吃；还有永顺染坊、镇远镖局、司马小烧、八旗会馆等众多的古镇景点，让你目不暇接；若是累了还可以住进北方山地四合院，遥望夜幕低垂下的云月星空……

我在网上搜索着关于水镇的介绍，眼前浮现的却是江南水乡，对江南，总有一种无法释怀的痴迷和神往，也许，冥冥中有那么一段前缘，遗失在了江南水乡吧！

印象中，但凡是水镇，都蕴藏着深深浅浅丝丝缕缕的哀伤，都有着弯弯曲曲碧水蜿蜒的河流，有着青砖碧瓦傍水而居的小屋，有着青石板铺成的狭窄的古街小巷，有着一艘艘吱呀吱呀随波荡漾的乌篷船，有着简朴明洁、清新婉约，散发着古色古香淡雅宁静的小桥、流水、人家。

相约在一个雨过天晴的日子里，和友人驾车去古北水镇游玩。

一路上，雨晖老师颇为自豪地告诉我，有着千年历史的古北水镇位于北京市密云县，背靠中国最美、最险的司马台长城，坐拥鸳鸯湖水库，是在原有的三个自然村落的基础上整治改建而成的，保存有精美的民国风格的山地合院建筑。水镇内河道密布，古老的汤河支流萦绕其间，古建民宅依水而建，是京郊罕见的山水城结合的自然古村落。

在山一隅，距离水镇不远处，我们邂逅了一个有别于北方建筑特点的憩息之地——民俗村，全村的房子都是青砖碧瓦的两层别墅，这些房子，鳞次栉比，错落有致。每一家都是客栈，家家整洁典雅，既透着浓厚的水乡韵致，又带着丝丝的现代气息。此时，有的院落里客人们正载歌载舞，把酒临风，刹那间浑然忘我。

踏上通往小镇的青石板路，数着光阴的脚步。这个季节，红叶满墙，诗意旖旎，一种别样的情致和感动，霎时弥漫心海，这是生命里又一次特别的旅行，真庆幸可以亲睹水镇的绰约风采。

进入水镇景区，立刻被它古朴、典雅的风貌打动：石板铺就的古街，青砖灰瓦的房舍，山水结合的古朴村落。虽是北方，却有南方的小桥流水，杨柳依依。水道纵横，汤河萦绕，风景如画，别有洞天，仿佛踏进一处鲜为人知的世外桃源。

许是因为这小镇坐落于长城脚下吧！它既弥漫着南方水乡的静谧与柔情，又散发着一种北方疆土的苍劲与悲壮。它有着不同于南方水乡的细微之处，圆了北方人眷恋江南水乡的心愿。所以在节假日，游人陡增，熙熙攘攘的繁华暂时惊扰了小镇的清静，但却给人一种自在闲适的轻松。

丹桂飘香、秋阳高照的季节，恰是满镇红叶烂漫时，观赏红叶是种享受，恬适地沐浴着阳光，任清风微微拂面，尽情地与红叶纠缠，真是优哉游哉！

这些藤本的红叶不知是什么品种，它们似乎是很随意地攀缘在古旧的墙垣上，稀疏的栅栏上，清灰的屋檐下，明镜般的河道边，但无论哪处的红叶，都呈现出袅娜向上、莞尔不群的风姿。不同种类的红叶各有千秋：有的呈绯红，有的呈鲜红，而更多的呈紫红、朱红、绛红……五彩缤纷，把秋日的水镇，装扮得灿烂绚丽，曼妙迷人。

一边欣赏红叶欲燃的景致，一边不由自主地吟诵起文人墨客赞叹红叶的诗句，杜甫诗云："含风翠壁孤云细，背日丹枫万木稠。"一语道出了红叶艳丽的英姿；杨万里的《红叶》写得更妙："小枫一夜偷天酒，却倩孤松掩醉容。"把枫叶变红说成是偷饮了"天酒"，想象很浪漫。王实甫的"西风紧，北雁南飞，晓来谁染霜林醉"，霜林的"醉"是由离人的血和泪染红的，寄予了太多的情感在里面。而"遥看一树凌霜叶，好似衰容醉里红""万千仙子洗罢脸，齐向此处倾胭脂"，更是精准恰当。

众多的佳句妙章，歌不尽红叶的风采和热烈。眼前的红叶小镇，恰似丹青妙手的泼墨，描绘了一幅夕阳与红叶竞相媲美的迷人画卷。

徜徉在街巷中，两旁的建筑吸引着你。深宅大院里那古老的木质房屋，大多都是两层，重脊高檐，有方方正正南方木制的板门，精致的檐角，雕花的窗格，青铜的门环，彰显着前朝的端庄，浸透着凝重、深沉、敦厚的美好。静静地注视着门上的每一条裂纹，轻轻地抚摸着窗棂上每一道沟壑，想象那纹络背后的美丽与沧桑。

斑驳的石路，将我引进一个悠长而狭窄的胡同。小巷、石子路、一米阳光……清幽安静的氛围，乍然，仿佛穿越了时光隧道，回到了那个久远的年代。

我漫无目的地徘徊在水镇的街头巷尾，贪婪地搜索，这些融汇了古典艺术的建筑，是一份与世无争的淡泊，是一种清新淡雅的悠然，没有故宫的霸气，却是在外漂泊久了的人最渴望回归的温馨的家，木雕、亭台、楼阁，镂空的花窗，一步一景，最好地诠释了水镇。

两肩披着巷子里明媚的阳光，想起了戴望舒的《雨巷》，想起了千里之外的江南，想起了一个让人感伤而留恋的身影，想起了一次倾心而又真挚的相遇，更想起了一段美丽而惆怅的故事。

出了胡同，站在一座白色的石拱桥边，一棵高大的杨柳倒映在桥下的河水中，河水碧绿清澈，波光粼粼。在北方，很难看到这样翡翠般碧绿的河水。拱桥上坚固的小石狮，镌刻着过去和现在的风雨过往，默默地注视着人来人往。

我伫立良久，慢慢踱上桥面，水镇的河道无声地流淌，两岸坐落的房子，青白两色交相辉映，再加上满墙的红叶点缀，好像一直延伸到天边，朦朦胧胧的好似梦中。

河道停泊着乌篷船，几个船夫摇着船，等待着游客，他们身上散发着质朴的纯真，同样有着江南最古老的品质。倘若你在绿波之上，坐一坐随波荡漾的乌篷船，听一听船夫讲述的古镇历史，穿越一座座的石桥，观望两岸的客栈人家，看一看古代学堂，望一望高山瀑布，赏一赏蜿蜒的长城，别样的水镇风情，定会镌刻在你的脑海。

水榭其实就是临水而建的园林建筑，是水镇的一大特色。每个房屋有阳台，三面有窗，用石柱或者木桩支撑在河面上，水榭下面就是静静流淌的河水。水榭虽然不像我们现代繁华的居所那样舒适方便，但因为临水而居，泛着乡野的原汁原味，从而有了灵气，显出几分神秘和无法抗拒的诱惑。

远远看去，这水榭，这亭台，这弯弯曲曲的河流，这缓缓而过的小船，分明就是古镇里一幅烟雨朦胧的江南水墨画。真愿意坐在水榭的椅凳上，眯着眼睛，呼吸风里裹着的气息，聆听红叶此起彼伏的浅唱。

秋日里的水镇是温柔的。哪怕是中午的阳光，在这样的季节里，也柔和得像温柔的女子。临水的亭阁里，冉冉檀香透过乌漆小轩窗，宛如一幅浓墨浅彩的水墨画。石桌上，一杯热茶，是哪位翩翩女子饮过的？还是哪位白衣俊生捧过的？

思君君不知，一帘幽怨寒，滴滴红粉泪，溅落画卷上，是水镇温柔的哀伤；云鬓花颜俏，泪光潋滟时，是水镇细密的缠绵，你的心会渐渐变得柔软起来。

“永顺染，草木色，手工缬，天然彩。”这是水镇的永顺染坊。走进染坊大门，扑面而来的是规模宏大的晒布场，院中竖立着一根根高杆和阶梯式晒布架，满院子高高挂起各色花布，布上印着细碎的小花，长长花布衬着碧空，随风轻舞飞扬，风姿婆娑，煞是好看。

据染坊管理人员介绍，永顺染坊采用独特的彩烤工艺流程，原料是从当地的茶叶、桑树皮、乌桕树叶中提取的，色彩相当丰富。染坊直到现在还保存着古代人们染布时用的工具。布店里，有各种蓝白相间的服饰，花色不一的方巾、衣裙、手帕、折扇……清新淡雅的色彩，油然而生的韵味，让人爱不释手。

朦胧中，依稀看到身穿蓝色小碎花布的温婉沉静的江南女子，绾着蓝色发结，系着蓝色头巾，款款走来，雾一样朦胧，水一样清澈，衔接着百年的清愁……难怪有人说是女子造就了江南！女子让江南充满了灵动的美：不仅仅温婉多情，还多才多艺。绣花、弹琴、唱曲、作诗，仿佛与生俱来。如果你驻足木窗前，静观女子梳发，你会发现，原来时间可以过得如此精致；如果你有幸跟随一个江南女子穿越一条古街，你会发现，一路处处是风景。

喜欢这里，不仅因为它具有的古典、清幽的水乡气息，还因为它的安静祥和。

此刻，北国之秋静谧多情的风拂遍整个水镇，举目四望，没有枯藤老树昏鸦的悲凉，却有小桥流水人家的悠闲；没有荷叶田田的盛况，却有红叶照水的火热。就在相机“咔嚓”的瞬间，水镇又幻化出另一个清幽的世界。无论是日出而作、日落而息的生活规律，还是吟诗作对、琴棋书画的兴趣爱好；无论是精致美观、令人津津乐道的美食文化，还是巧夺天工、无与伦比的布局艺术，水镇的文化底蕴，正如天际的云霞蔓延扩展，向世界打开了一扇窗，让浓厚的文化气息传遍四海八荒。

傍晚，晚霞映红了天空，披着霞彩漫步，古街店里店外的灯笼一盏盏亮了，在深蓝色的天幕中，显出迷幻的美。灯光从店里的木窗木门中穿透出来，照亮了夜幕笼罩的河，古镇流光溢彩的夜景超凡脱俗，柔和而夹杂着古典的风味，冷峻中透出丝丝温馨，似乎在诉说着几千年来不变的故事。

在古北水镇中心广场上，耸立着一座两层高的大戏楼，仿佛听到了戏台上紧密的鼓点和铿锵有力、声震寰宇的唱腔。

小镇典雅、沉静、淡定、稳重，像一个美丽而简约的少妇，不张扬，不俗媚。只是素净的容颜，淡然的微笑，就足以撼人心魄。

记得在书上看到过这样一句话：上海适合邂逅浪漫，杭州适合牵手结缘，乌镇适合去细细地探寻和体会生命与灵魂的原质。我却固执地以为，古北水镇三者兼有。

暮色四合，游累了，和朋友坐在椅子上聊聊天，歇歇脚，养养神，在沙发上眯着眼养精蓄锐，等精神焕发了再去游览。在这里，不用害怕会迷路，也不用担心错过任何一处美丽的风景，因为这里街街相连，从每一个道口出来都能看到似曾相识的风景。

不禁感叹水镇构思之精巧，气势之宏大。不一样的水镇，给了我不一样的快乐时光。虽是惊鸿一瞥，但已经将它完整地装进了心里。也许，我不是在游玩，我是在寻找，寻找骨子里一直向往的那个澄澈纯净的世界。

古北水镇，因为你，我要感谢时光，让我没有错过，在最美的季节，遇见最好的你——长城脚下，长满红叶的北方水镇，我聆听你的轻吟浅唱，在心里，在梦里……

彩云之南——心灵的憩园

“王母晨妆，失手打翻妆盒，配饰坠落彩云之南，化作数个神奇宝地……”这个美丽的传说，萦绕在心底多年。能和心爱之人携手同游七彩云南，成了今生的夙愿。如今我们真的行吟在这片梦幻般的土地上了……

亲近“神奇乐土”

西双版纳，我们来啦!

“西双版纳”的傣语之意是“理想而神奇的乐土”，素有“孔雀之乡”的美誉。孔雀是傣族幸福吉祥的象征，《孔雀公主》就是关于孔雀的传说：美丽的喃穆诺娜公主有件神奇的孔雀氅，她与召树屯曲折而坚贞不渝的爱情故事，让多少人沉醉倾慕。傣家人赋予了故事完美的结局，也许就是他们坚强意志与美好愿望的写照。

西双版纳国家森林公园内有个金湖，传说这里就是召树屯与喃穆诺娜相识、相知、相爱的地方。这里环境优美，高挺挺的椰树，绿莹莹的草坪，傣式水亭静默华丽，原始森林蓊蓊郁郁……我们正巧赶上“孔雀放飞”，但听一声哨响，成百上千只绿孔雀从对岸的森林中飞过湖面，如一朵朵飞舞的花悠然飘落，抖擞着多彩的羽毛，款款地移步，这流光溢彩的画面美得让人窒息！

我们兴致勃勃地观赏了大象表演，如运木头、踢足球、三重唱、三条腿走路……印象最深的是“过独木桥”，这头大象有几吨重，要走过面前这条长长的板凳，人们都捏了一把汗。大象训练有素，镇定自若，慢悠悠走上独木桥，行到头再缓缓转身，又慢吞吞往回走。看它平安落地后，我们才长舒一口气。哪知大象猛然看到板凳下方有一丛绿草，竟低头忙里偷闲吃了几棵。傣族人笃信佛教，我想这大象生长在佛教圣地，每天被博大精深的佛文化熏陶着，久而久之，有了慧根，才会尽力去寻找身边简单的快乐吧！想到这里，立刻对眼前的“佛象”肃然起敬了。

正在惊叹大象的精湛表演，那边传来欢呼声，原来是专门为各地游人准备的傣族传统节目——“泼水”。霎时间，游客们便聚集到一片空地，各色盛水的盆子飞舞，水花四溅。“泼湿一身，幸福终身”，我们相互泼水，传达祝福，希望这圣洁之水能冲走疾病灾难，换来美好生活。

曼洒这个温泉寨也是非去不可的。温泉掩映在热带植物的怀抱中，蓝如水晶的天，棉絮般洁白的云，油亮亮的棕榈、椰树，叫不出名字的热带花儿，耳畔鸟雀啼鸣，笑语盈盈，思绪顿时化作彩云飞，人们泡在温润柔滑的泉水中，身心彻底放松，真是赛过神仙哟！

泡过温泉，走入古茶楼，便无车马喧。但见雅室货架上摆放着圆圆的普洱茶饼。一个女子坐在店堂桌前，桌上摆放着精致的茶具。见我们到来，便款款起身，温文尔雅地打声招呼。她大约二十来岁，面容姣好，淡妆素抹，发髻高绾，一袭素色傣装，给人温润如玉之感。我们围坐在桌前，听她讲述普洱茶及茶道知识，这女子娓娓道来，轻声细语。

茶艺表演时，她气定神闲地洗茶、沏茶、斟茶，茶艺竟也有如此美的“纤指舞”，恍惚间觉得这女子就是茶精灵，举手投足，嫣然浅笑，沁人心脾，让我这不懂茶道的俗人好生羡慕，真想也浸染上这茶之灵气。

听她讲解后得知，普洱茶分为生茶和熟茶：生茶茶色淡绿黄，味略苦涩，提神、清热、止渴、生津；而熟茶，茶色猩红，味醇厚而回甘，有降脂、减肥、降血压等功效。我最喜欢的还是熟茶，那茶色酽酽的，浮了一层油彩一般，醉人！

最庆幸的是在用罢当地特色餐之后，“澜沧江湄公河之夜”的歌舞晚会拉开了序幕，其场面之宏大，色彩之斑斓，让人惊叹！观看到不同少数民族的歌舞精粹，尤其是表演“孔雀舞”的，她们衣着鲜丽，窄窄的筒裙勾勒出玲珑的身段，随着欢快的音乐，娇媚摇摆，婀娜多姿，纤纤玉指，灵动柔婉。互动的节目是“篝火晚会”，场地中央早已升起了熊熊篝火，成百上千的游客喜笑颜开地拉起手来，随着舞台上领舞教的简单动作笨拙地踏着鼓点，围着篝火转着圈起舞呐喊，不管是哪个民族的人们，此刻心是相通的，笑是一样的，把欢乐推向了顶峰。

别了，西双版纳！水一样的民族，水一样的傣家女子哟！何时再来和你们亲近？

寻觅“风花雪月”

山一程，水一程，身向大理那畔行，故园无此景！

《天龙八部》里金庸笔下的大理国，民风淳朴、富裕殷实，文化先进，国君睿智开明，天下万民拥戴。段正淳与段誉父子出身皇室，气宇轩昂，文韬武略，风流倜傥，游侠江湖，羡煞人也。段正淳的博爱，段誉的痴情更是《天龙八部》里爱情故事的点睛之笔，令人难忘，因此向往大理。

翻开大理的史卷，似乎能听到王朝厚重的呼吸，崛起，战争，杀戮，贪婪，骄矜，没落，消亡……组成了大理五百年可歌可泣的王朝史。这个且不去研究，我们只到大理寻觅“风花雪月”，下关风，上关花，苍山雪，洱海月究竟何许模样？

碧空如洗，雪白的云团就在头顶，仿佛触手可及。曙光镀亮了大理的古城门。怀着一种崇尚之情行在游人如潮的街道上，仿佛走在一部泛黄的青史书册里，曾经的南诏国何其繁华！依稀听到喧腾的茶马古道上渐行渐远的马帮铃儿……恍若隔世。

不觉间拐入一条较为狭窄的休闲街道上，清凉的苍山泉水穿街而过，聆听着潺潺的溪流声，脚步轻叩着青石板路，捧一杯玫瑰花露茶慢慢啜饮，满是轻松和惬意。大理古城感觉像素面朝天的农家女，怎么会有“风花雪月”这样诗意、神秘、浪漫的景致？

“石头砌墙墙不倒，风过门槛把地扫，小伙子跳墙狗不叫”形容的是下关的风，据当地人说下关风猛如虎，拔木倾舟，挟着千百年前王朝的霸气从苍山与哀牢山之间呼啸而来，一年四季从未间断，但“风高而不寒，无沙亦无尘”。我来的这个季节，无缘体验下关风的威力。

上关花则是个虚无缥缈的传说，《大理府志》载：“花树高六丈，其质似桂，其花白，每朵十二瓣，应十二月，逢闰年则多一瓣，欲以神仙遗种。”从来没有人见过这棵“十里香奇树”。现在的上关花泛指木莲和玉兰，名甲天下的云南茶花尤以大理为最，但是我们没能看到它们娇媚的花靥。

苍山十九峰，峰峰奇绝；苍山十八溪，溪溪清明；绵延的苍山清秀、翠绿、峻逸，耸入云霄的山峰终年白雪皑皑，在碧空映衬下微光粼粼，晶莹剔透，如娇羞的少女妩媚动人，如谦谦君子傲然挺立，幻入眼球让人分不清是人间还是仙境？

居四大景观之首的是洱海月。据说每当阴历十五，高原洁净的夜空中悬一轮圆圆的月，倒映在碧波万顷的洱海，水中月更大、更圆、更亮，与空中月相映成趣，景致绝美，遂成为大理最独特的景观。“洱海月在天上，天上月在海中”，有多少人会在月明之夜泛舟洱海，欣赏美轮美奂的盛景，自得于尘嚣之外的心灵怡然呢？

放眼望去，海天一色，碧波微漾，犹如一面巨大的玉镜，湛蓝的天穹与盈蓝的洱海融为一体。我们乘上“杜鹃号”游船，空气扑面而来，异常清新。我微闭了眼睛，伸开臂膀贪婪地享受着大自然的亲吻。远山连绵起伏，白云缭绕，嵯峨雄秀，好像即兴挥毫的水墨丹青，酣畅淋漓。远观平畴阡陌间，一条白色的丝带影影绰绰点缀在苍山脚下，那是白族人的民居。徜徉天水间，忘记了所有的尘俗杂念，心和这海水一样清澈、澄净。

我们又驱车前往大理著名的崇圣寺三塔。三塔是典型的唐代建筑，与中原建筑不同的是塔高十六层，反映了“男女双修方成正果”为最高境界的南诏佛教特色。

大理的白族居多，白族小伙子被称作“阿鹏”，最漂亮能干的姑娘才可以被称作“金花”。受电影《五朵金花》的诱惑，我们午后赶到了蝴蝶泉，它仅是个不大的水池，但池水碧蓝通透，清澈宁静无波，横在池子上方的树干长满了绿苔藓，偶尔飞起三两只枯叶蝶，平添了几分灵气。“大理三月好风光哎，蝴蝶泉边好梳妆，蝴蝶飞来采花蜜哟，阿妹梳头为哪桩？”我们不禁轻轻唱了起来……

黄昏时分，大理古城的洋人街，灯红酒绿，纸醉金迷，游客们兴奋地举着相机竞相在古城墙下合影。现代文明的闪光灯与古老城墙的碰撞让历史疼得睁不开眼，那些格格不入的苍老城墙在这些文明面前无奈地褪去了历史的气息。大理王朝从这里走出去，却再也走不回来了，可是谁会在乎？

离开大理，心绪难平，一句“风花雪月”是无法完全描绘出大理全貌的。那些前朝旧事如花般绽放、绚丽而后凋谢，十三世纪的那座繁华都城早已被大理人遗忘了，只留那些断壁残垣在晚风中叹息。

亲吻“高原姑苏”

出发，向着高原古城丽江。车轮滚滚，心儿飞驰，想象着丽江古城的小桥流水，纳西木楼，奇特艳遇，心已然醉了。

听从了朋友的建议，我们没有直达丽江古城，先去了玉水寨。举目四望，芳草萋萋，清泉淙淙，各色野花，五彩缤纷，不敢迈脚，生怕一个转身，惊走了这些自然的精灵。绿草如茵的山坡上，保留了几幢原汁原味的纳西族古民居，本真、简单、朴素，没有市井的繁杂、浮华，这也正是纳西族人祖祖辈辈日常生活的写照。

中午时分进入束河古镇，仿佛踏进世外桃源：柳丝袅娜，掩映着一排排古铜色的小木屋；小溪潺湲，蜿蜒于大街小巷；银器作坊，手工商铺满街都是；偶尔驶过一辆载客的马车，扬起一缕世俗的尘烟；街边几位纳西族妇女，一边聊着方言，一边洗菜淘米，谦让、闲适、祥和，日复一日重复着单调悠闲的生活，也是让人垂羡。

导游说丽江古城始建于南宋，盛于明清，曾是滇西最著名的商贸中心之一，是历史上茶马古道的重要枢纽，也曾是滇西北的政治、经济重镇。说它古，因为它已有近千年的历史；说是城，它却是中国历史文化名城中唯一没有城墙的古城，也许是民风淳厚少有征战的原因，但起主要作用的却是历代土司的忌讳：据说是因为丽江的世袭统治者姓木，从象形文字看，筑城势必会在木字四周加框而成“困”，乃不吉之兆也。一字之故，丽江因此而没有了城墙。

丽江古城以纳西族居多，妇女的服装多了一个披肩，叫作“披星戴月”，从中还可看出纳西族胖金妹的勤劳——她们起早晚睡，承担了所有的家庭重担，而让自己的男人有时间去学技艺，所以说纳西族的胖金哥是非常优秀的。

走进丽江古城已是黄昏。入口处有一架很大的风车，日夜不停地旋转，游人纷纷在此拍照留念。古城的街道全部用五彩石铺砌，这样可以保证雨季不泥、旱季无尘。整个古城以四方街为中心，大街小巷排列有序，向四面发展。清澈的玉泉水从城头分成三岔穿街过巷，一分为三，三分成九，再分成无数条水渠，使古城主街傍河、小巷临渠，处处形成“家家流水，户户垂杨”、小桥流水的幽雅景观。城内有建于明清时期的大小石拱桥、石板桥三百多座，还有不少牌坊。到了古城，不用担心迷路，只要逆流而上，总能找到出口。所有建筑仍然保留了浓郁的古老恬静气息，难怪是“一方净土”呢！

踏着石阶顺流而行，走在“五彩石”铺就的小街上，流水淙淙，河水辉映着各色灯光，感受到古城浑厚的脉搏，呼吸也变得沉静缓慢，相信每个来丽江的人都能体会到这种震撼。

在这里，我们见到了很多外国朋友，各种肤色的人们，讲不同的语言，或私语，或砍价，而商家也非常随和，买卖自然。古城里面最多的是卖服装、玉器、银饰的，我选了一件具有东巴文化特色的木刻，爱不释手，雕刻家东木先生耐心地讲述他作品的丰富内涵。

四方街是古城的中心，很多游人在此歇脚。有兴趣的可以跟随纳西老人学跳纳西族舞。沿四方街走，随处可见酒吧，如果你乐意，尽可以在此“艳遇”；随着熙熙攘攘的人群前行，不时传来象脚鼓的声音，循声望去，总有一个笑容甜美的姑娘和着音乐用手击鼓。我们进了古城里最大的一家音乐厅，里面布局和陈设保持着原始的风格，摆放着各式各样我们叫不上名字的古乐器，色彩陈旧，幸运的话还能听到纳西族妇女演奏地道的，原汁原味的纳西古乐。

在古城买了很多零食，边吃边继续徜徉在夜色中的丽江小城，带着好奇逛了一家又一家店铺，一点儿都不累。古城的夜是美丽躁动的，酒吧、咖啡屋座无虚席，激情的游客与胖金妹忘情地对歌，几近癫狂。我们寻了一处临水的石凳坐下来，享受片刻悠闲。

月明星稀，远山如黛，流水潺潺，花香清雅，四周除了偶尔飘来的沧桑空灵的纳西古乐，一切似乎都不存在了，被静谧浸透。

“真想就这么拥着你，慢慢变老……”谁在弹奏演唱歌曲？缓缓沁入心田，暖暖的。此刻，万家灯火中的古城更显神秘，那部风车还在“咿呀”着，是在述说古城的过往吗？

恬静、祥和、古朴、明媚属于丽江。丽江如一个神秘的未经世事的少女吸引着更多心灵疲倦的人们。与丽江的相遇让我丰富了内心，认识了自己，领略到了美好。

痴恋玉龙雪山

玉龙雪山位于丽江纳西族自治县城西北的金沙江畔，主峰海拔五千多米，山顶终年积雪，十三峰岭并排耸立，绵延数十公里，宛如玉龙横卧，“玉龙雪山”因此得名。山上有许多珍稀的昆虫和动物，但因为玉龙雪山山高路险，主峰陡峭难攀，气候变化无常，也因常年积雪，山顶的石头已经风化，一旦有人攀登，极有可能会发生雪崩，至今还没有一支探险队能成功登上高峰，一窥玉龙雪山的千古奥秘，所以玉龙雪山至今还是座处女峰。我们只能站在它的脚下，仰视她圣洁的尊容，只可远观而不敢亵玩焉。

我骑上高头大马，策马扬鞭疾跑，耳畔劲风呼啸，翻越茶马古道，体验惊险刺激。之后挑战高原，跟着当地的一个纳西族导游，步行上山。从雪山边侧的一条羊肠小道上山，稍有高原反应，一路歇歇停停。途中，那些坐索道的游人不时向我们竖起大拇指。等到了海拔三千多米的云杉坪，才相信自己还是很棒的。

在索道站稍稍停留后，即进入云杉栈道——这是一条穿越原始森林，通向云杉坪的“林荫大道”。栈道全部用木板铺成，道旁古木参天，林中空气潮湿，树上长满了青苔。约十分钟后，我们到达锦绣谷，这是一块隐藏在原始杉林中的巨大草坪，被称为纳西族神话传说中的“玉龙第三国”的入口——据说这里就是纳西族青年男女殉情跳崖的“天堂之路”。旅伴打趣说也来个殉情跳崖，我泪光闪闪：“今生能够相依相伴，不离不弃，已然是天堂般的生活了。”

抬头看，千年冰川清晰可见，充分领略了原始森林的奇异和幽静，真是妙哉!

缠绵彩云之南

彩云之南，浪漫美丽。天高地阔，阳光明媚，奇山秀水，色彩斑斓，是无数流浪者心灵渴望栖息之所。金沙江、怒江、澜沧江，三江并流；石林高耸突兀，错落有致；原始森林古老茂密，物种齐全；江河溪流源远流长，湖泊温泉星罗棋布，险峰峡谷纵横交错，溶洞奇观千姿百态。滇池、翠湖碧蓝澄净，大研古城历史悠久，白沙壁画稀世传奇，梅里雪山晶莹剔透，香格里拉宛若翠玉，瑞丽常年竹木苍翠，少数民族淡雅精致，泸沽湖宁静绰约，虎跳峡奔腾咆哮……

彩云之南，有说不尽的四季美景，有唱不停的四方情歌，有写不完的诗情画意，有描不全的七彩画卷……

彩云之南，恨不得，年年月月，日日夜夜，分分秒秒与你缠缠绵绵……

离开这片梦幻热土，心里满是不舍。那热带旖旎的风光，秀丽的山水，奇特的民族风情，如一笔笔浓彩，绚丽了心灵的画屏，成为我这一颗流浪之心的憩园——就这样吧，一个人，一壶茶，带着一个未了的乌托梦，在你的怀抱里，静静发呆……

魂牵梦萦黄龙溪

子夜，淅淅沥沥的雨下个不停，风从窗入，好凉爽。梦醒，依旧微闭了双眼，聆听窗外的雨声浅吟低唱，思绪不觉间已穿越时空，缭绕在悠悠古镇中了。

我去过几个古镇，虽不是南浔和西塘，倒也别具风情。

暑假去游玩的地方是一处古朴纯野的小镇，名曰“黄龙溪”，位于成都市双流县境内，距成都四十余公里，地处锦江、鹿溪河汇流处，与牧马山、二峨山隔江对峙，乃古蜀王国的军事要地。我与恩师野草一家人，驱车赶往古镇。

踏上这片土地，一接触到她的地脉之气，心就温婉恬静下来：古镇悠悠，究竟存在多少个年头了？也许只有历经风雨的古榕树，泛着青白光泽的石板路，木柱青瓦的楼阁房舍，镂刻精美的栏杆窗棂，从镇子当中潺潺流过的清溪，吱呀作响的木水车，飞檐翘角的古式寺庙……曾见证过它沧桑的岁月吧！

黄龙溪，顾名思义，是一个跟水有关的地方。这水，有人说是“清江一曲抱镇流”的府河，也有人说是滋养古镇的鹿溪河。据说一清一浊两条河流相汇时，势如一条黄龙奔腾咆哮，那“黄龙骑清江”的奇观令人叹为观止。若是没有它，也就没有黄龙溪这个响当当的名字了！

我的恩师野草先生却认为：这水，应该是它源远流长的历史积淀和丰厚的文化氛围。我觉得若把黄龙溪比作一首诗，那么，这诗肯定有一半是浸在水中的！“千里马”却说，黄龙溪的水，不同于任何一片我们习以为常的水域，甚至也不等同离它不远的成都之水。成都的水平静舒缓，没有多少波澜；黄龙溪的水却给人以灵性的摇曳、生生不息的感觉，不单是气势宏阔，也更具大方的本色。它波光涟漪，似乎袅袅之中氤氲着嫩嫩的淡淡的青草香味。一座座房舍在茂树翠竹中参差错落，古色古香，仿佛讲述着一段悱恻离奇的故事。

此刻的古镇沐浴在明媚的阳光中，犹如陶渊明笔下的世外桃源一般，幽静秀美。颇有民居特色的飞檐翘角的木制房舍安然立于溪流河畔，别有一番浮于水云间的韵致。古镇的美透着纯朴自然，那条穿镇而过的浅溪清得让人心醉，纯得让人没有尘念。看流水无意，逐浪轻淌，日暮西下是种美；看游人嬉戏水中，戴绿草艳花编制的帽子也是一种美；走进店铺，把玩五花八门的工艺品是种美；踏进书画世界，赏品骚人墨客的飘逸字画是种美；随便坐于溪流石凳上，吃一碗古镇的风味小吃是种美；就是捏几条“毛毛鱼”品尝，那种美的感觉也是爽透肺腑的……

古镇的美隐藏在人心深处，非得用心品读方可领略其中韵味。

我和“千里马”禁不住溪水的诱惑，跳进没过脚踝的溪流中，泼水打闹也罢，赤脚濯足也好，野草先生和师娘就坐在岸边，慈祥地望着我们，和阳光的柔和默契地融在一起——闪光的雕塑哦！我也攀上高高的木架子，踩踩古老的水车，听着“咿咿呀呀”的声音，仿佛穿过古老的岁月，蹒跚走来，竟一下子湿润了眼眶；站在石龟背上，品尝着古镇的小吃，陶陶然不忍归去也！

古镇的青石板路很有特点，与两旁的木屋子构成了曲径通幽、无限延伸的一处处美景，就宛如贯穿于生命脉络一般，清晰依旧，朗声依然。这光溜溜的路，承载了太多的风雨人情，曾经粗粝的青石板得经过多少岁月的踩踏，多少风雨的冲刷才能有而今的温润光滑啊！这里没有凤凰古城的热闹，没有西塘的幽静典雅，但朴实敦厚，自有独特的风格。

古镇除了新建的地方，黄龙正街仅200多米长，分别建有“古龙寺”“潮音寺”“镇江寺”，称为“一街三寺庙”；连同“三县一衙门”成为古镇最著名、最奇特的文化遗存。

迈进古寺大门，但见古树遮天蔽日，成为黄龙溪古镇的一大标志性景观。寺庙自古香火鼎盛，特别是佛诞节日，游人香客不断，一派繁荣景象。可惜我们来得不是时候，若是赶得巧，每年农历六月初九和九月初九的庙会，还能一睹昔日古镇的喧闹场面。为弥补这遗憾，我步入小镇的古装店铺，扮了一身粉色古装行头，于古桥头、溪河畔、花木间临风而舞，摄影师“咔嚓”不断，圆了我的“怀古情结”。

古镇的风是轻缓并带着点爽意的，去的那天成都市内闷热难耐，进入古镇却有股凉意，许是溪流的缘故吧！可以想见：有雨的时节，雨打房顶弹奏出的音律一定很是动听，纵是窗外风雨情浓，木房中的人们依旧可香甜入梦。

黄昏时分，古镇恬静下来，勾勒出的是一幅“暧暧远人村，依依墟里烟。狗吠深巷中，鸡鸣桑树颠”的乡村画卷。想必古镇的夜晚也是幽然而静谧的，你可以推开木格窗，遥看繁星点点，银月皓皓，听溪流高吟低唱，感知古镇的娴静、舒适和雅趣。

古镇以她特有的风韵屹立于世，千百年来风采不减。后来越来越多的古镇人走出去，走向更广袤的天地“求生索本”。古镇不挽留儿女将要远行的步伐，但古镇以它惯有的安详从容目送每个远行的孩子。

我想，每个从古镇走出的人都会对古镇有着很深的情结吧！是这方纯净的水土铸就了他们的骨血、陶冶了他们明净单纯的心性，游子们也许会在某个月朗星稀的夜晚，想到古镇的风情万种，在心灵疲倦之时会念及曾经在古镇的悠悠岁月……

我不是古镇人，却羡慕那些载艺而归的人们，用他们灵巧的双手，装扮古镇，编织着他们的生活，古镇的色彩因为注入绚丽的颜料变得明艳鲜亮起来。她以原生态的绰约风姿招引着八方来客：美轮美奂的蜀绣，巧夺天工的编织，技艺精湛的糖人……民族的、传统的、现代的，各种手工艺品让多少游客爱不释手啊！

“户庭无尘杂，虚室有余闲。”古镇没有都市的繁华与喧嚣，没有朝九晚五的匆忙和劳碌，给人以“久在樊笼里，复得返自然”的放松，一种闲适自在的味道，透着一股淡淡的甜味，是古镇独有的味道。

古镇就像一册卷面泛黄的书籍尘封在岁月的阁楼里，古镇就像一位婉约如水、素雅若风的江南美女，充满诱惑，她等待更多真性情的人，来掀开她神秘的面纱，走进她灵秀隽永的心田，探寻她自然的魅力。如果你也像我这般急切地翻阅她，用心去鉴赏了那古街秀水，便能品读出她深厚的岁月底蕴。

古镇的浓浓情结，也唯有怀揣真爱的人才能读懂！

倒穿九龙瀑

丹桂飘香的季节，恰逢国庆七天假，为不负这良辰美景，我跟随天涯户外群（网友自发组织的户外运动群）一行二百多个驴友，分坐六辆大巴车从市区出发，驶离繁华的闹市。车队穿村庄过小镇，隔车窗望去，蓝天白云，群山连绵，路边田野上，一片金色。几片落叶在空中挥笔写意，野花在秋阳下色彩斑斓，枝头雀跃的小鸟快意翻飞，还未成熟的稻田绿浪翻滚，柔美、曼妙……

群主老陈不失时机地介绍起南召九龙沟瀑布群的别样风情：它距离南阳市区 88 公里，位于真武顶景区龙潭河一带山谷中，龙潭河顺谷而下，到九龙沟这地方后因山势险峻、落差急剧，在长约十公里的河床中形成 10 余个高低不等的瀑布，一瀑一潭，瀑潭相映。丰水期水量充沛，声势浩大，蔚为壮观……老陈讲得眉飞色舞，驴友听得如痴如醉。

早在十五年前，我已经和三位好友到过九龙瀑，那时它叫“九龙沟”，还没被完全开发出来。印象深刻是因为那个国庆节下了雨，撑着伞游了几道瀑布，因为相机进水，一张照片都没留下，遗憾了多年。此刻我眼前浮现出十五年前留下的影像：白龙瀑自横卧的巨岩上冲泻而下，酷似白龙滚动；青龙瀑自峡谷清幽处折转直下，恰似青龙出潭；飞龙瀑二级飞落，水花飞溅于石壁间深不可测的石潭中再跌宕而下，粗犷豪放；乌龙潭从百米绝壁上腾空而降，大有“银河落九天”之势，水流像上紧的发条，冲出崖壁则像一幅巨型白练，挟风带雨，喷涌而下，经岩石撞击，洒出银雪万点，其他各级瀑布也尽显神姿，美妙绝伦。

恍惚间，车队已经进入山区，一座座山峰形态各异、连绵起伏。树木依然苍翠茂密，除了爽风和枝头的果实提醒着这是秋季，丝毫看不到萧条的画面。

不知不觉已到了后山，下得车来。雨过初晴，空气像滤过似的，湿润中带着山野草木的清香味道，吐纳之间，心旷神怡。少有人走的“驴道”，土壤微潮，没有尘土飞扬，倒也符合“地利”。没走多远，就遇到一处险地——坡度近乎垂直，先上去的就自发地“扶老携幼”，二百多人的团啊，好多人还是初次“驴行”，竟没有一个打退堂鼓的，这个团队让人心暖啊！

山脚下灌木丛生，其间掺杂着几株马尾松和一些不知名的高大落叶乔木，树干或粗或细，枝叶繁茂，披覆参差。山腰上云雾缭绕，就像仙子腰间薄如蝉翼的丝带，随风舞动，绮丽无比。树间青藤缠绕，不近前仔细辨认，还真分不清到底是藤缠树还是树缠藤。

隐约听到了潺潺的溪水声，这让我想起了叶圣陶老先生笔下的描述：“好像叠叠的浪涌上岸滩，又像阵阵的风吹过松林。”循声望去，的确如此，“驴道”一侧，是一条山间小溪，溪水清澈得能看见溪底的鹅卵石和小毛毛鱼。

上午十点钟，太阳挑战似的挂在空中，大家汗流浃背，一滴汗珠掉地上能摔八瓣。我因为早上没吃饭，此刻眼冒金星，腿都有点软，赶紧补充了一下能量，才又精神焕发。边走边饶有兴致地打量这座山：山是含蓄而富有的，植被繁茂，郁郁葱葱，从头到脚被绿色包裹得严严实实，使人无法看清它的本来面目。

我曾把北方的山比作高大伟岸的小伙子，把南方的山比作羞涩俊秀的大姑娘，而中原的这座山兼具了南北阴柔阳刚之美。从山脚到山顶，漫山遍野的绿树，高大挺拔、翠色欲滴，装扮着姿态婀娜、朗润无比的灵山秀水。树是山的儿女，山养育着树，树守护着山，它们命运相系，孕育着一个愿望，一种昌盛，一份淡定。

人在“碧海”里穿梭，看不厌，赏不够，真想融进这一望无际的绿海，或化作其间的一棵树，日夜相伴，听雨、沐风、共岁月。

或许就因为一路走来有着各个层次的绿色陪伴，再加上道旁不时闪出几棵山茱萸，椭圆的果实红彤彤、亮晶晶点缀在树间，使得这次重阳节的旅行有了深层含义，多了几分情趣，“遍插茱萸少一人”——少了谁呢？

我气喘吁吁地攀登，累并快乐着！满山树木，野花飘香，仿佛走进画卷中，神清气爽啊！远处的山峰挺拔峭立，身姿俊朗。山、石、树，都给人灵动的感觉。置身其间，顿觉自己是如此渺小，又如此幸福——被大山所接纳、所包容、所宠爱。

长长的队伍，花花绿绿，缓缓地起伏在绿海之中，时而传来同伴们的鼓励声，时而听到欢歌笑语，时而山谷回音……到下午一点钟，终于接近景区了，人们欢呼着，忘记了疲劳，加快了脚步。

俯瞰下方，九龙瀑的沟谷狭窄幽深，瀑水自悬崖上飞泻而下，依着山势形成大小不等的十几个瀑布，宛若长藤结瓜，远近相宜，错落有致，激流滚滚，抛珠溅玉，一折一瀑，一瀑一潭，转折九次，形成九段飞瀑，九处深潭，九曲十八弯，恰似一条舞动的银蛇，这该是“九龙瀑”名字的由来吧！

听当地人说，观赏九龙瀑的最佳时机是大雨过后，瀑流飞溅，倾泻下折，折而复聚，聚而又折，悬挂于千仞青壁之上，恰似九条白龙腾空飞降，气势极为雄伟壮观。有诗赞曰：“飞泉不让匡庐瀑，峭壁撑天挂九龙。”若是久晴不雨，九龙瀑又似游丝练带，细流不竭，清水深潭，碧莹可鉴，是另一番温婉景象。

酒香不惧巷子深，好景不怕路途远。辛辛苦苦跋涉这么久，总算可以一睹九龙瀑风采了，心情妙不可言。

通往天龙瀑的山道修建得很平坦，前行百米，就来到了瀑布脚下。在一片青山环抱的断崖处，在一片苍翠的绿意中，仰天而望，瀑布把蓝水晶一般的天空捅开一道口子，沿着高山顶部倾泻而下，洁白的水柱像一粒粒巨大而耀眼的珍珠串在一起，绑成一捆，跳跃着，闪动着，直入深潭，如银如练，如丝如绢，如雨似雾，在落入深潭的最后一刻绽放成一朵朵巨大的莲花，未及细赏便瞬间化作仙气散开了。瀑布的侧边有些凸起的岩石，串起的水珠便一个接一个不停地击打着这些凸起的岩石，迸发出一粒粒极细的水珠，四处腾飞。从山顶到山腰，水流被撕成几十条绢布，丝丝缕缕直泻而下，流金泻银般地落进下面的幽潭之中，层层水雾，水声隆隆，水流犹如蛟龙出洞一般，从满满的潭中溢涌而出，沿着怪石嶙峋的谷底河床汹涌地冲向远方，巨大的水声深深震撼着人们脆弱的内心。

我站在瀑布侧前方一块突起的岩石上，观望瀑布，“白水如棉，不用弓弹花自散”，万朵浪花，漫天雨珠，如飞花碎玉，洋洋洒洒，在丽日的映照之下熠熠闪亮。阳光辉映，瀑布自潭底升起一道亮丽的彩虹，在幽绿的潭水上浮动晃荡，就像在漂洗一匹五彩锦缎，随着脚步的移动，视角变了，彩虹的位置也在变，束在瀑布腰间，在银白色的瀑布上绽放，犹如一朵巨大的山花开在一片空灵的山水画上，色彩斑斓，一群“花蝶”就在这彩虹上跳舞，偶尔一只灰色的山雀不知趣地飞过彩虹，“蝴蝶群”便四散飞去，犹如天女散出去的花朵一般，“红霞似锦，何须梭织天生成”。如此幻魅的仙境，怎不让人陶醉？

“欲下青峰趾不前，断崖立杖更依然。直看九派飞流下，消入苍茫破作烟。”若是静静地面对着瀑布，它就像一个刚出浴的长发及地的美女，微笑着，不带一丝世俗的妩媚，仿佛是深山里的一个浣纱美女，轻风飘扬的瞬间，揭开了神秘的面纱，我呆呆地凝望它，竟感觉到了一种窒息的愉悦。我静静地坐在飞瀑的旁边，用心欣赏着这样的景色，才知道，原来能够近距离地靠近它，感受着它的呼吸，竟是这般的幸运和怡人。真想将它揽入怀中！当这个念头一闪而过时，才知道原来它的美早已经不知不觉地渗入了骨髓。透过它晶莹多情的发线，我分明看到了一种激情，那是一种江河对海洋的渴望。当它一路走来，不屈不挠地从险峰奔流而下时，那内心澎湃的就是对浩瀚海洋的深深眷恋。

美景留人，清溪煮餐。时候不早了，驴友们纷纷支起锅灶造炊，一时间幽静的潭边热闹起来，拍照的、留影的、舀水的、生火的，一会儿工夫，饭香四起。

吃喝完毕，继续前进，到达“龙宫”时，早有好多游客在观赏了。我忆起十五年前来的时候，还亲自下水摸了好几只螃蟹呢！如今改建后，已是“水皆漂碧，千丈见底”；浅水处，有孩童拿了小网在捕鱼呢！远看，“珠帘钩不卷，匹练挂遥峰。”“水云生处龙翻腾，雷鼓嘈嘈震宇寰。”站在瀑布脚下仰望，在高高的悬崖之上，飞瀑奔流，白绢长垂，疑是银河落地。一道天然的玉屏，波光闪耀，如烟，如雾，如纱，亦真亦幻，此乃天上瑶池也！

闲坐闭眼静听，鸟儿的鸣唱声，叮咚的流水声，隆隆的泻瀑声，沙沙的树叶声，构成了一首美妙的大自然交响曲，给这幽幽的深谷平添了许多生趣。坐在石头上歇脚时，一位常来写生的画家告诉我：这九龙瀑啊，春天百花争艳，瀑布清流如带，就像姹紫嫣红中的银帘，气象万千；夏季雷雨时节，瀑布急流如飞，就像破浪而来的巨龙，奔腾咆哮；丽日斜阳中，道道彩虹飞镶其间，与白茫茫的瀑水交相辉映，妙趣横生；时值秋高气爽，瀑布碧流如玉，宛如玑珠悬空垂吊，美不胜收；冬天，瀑布银流冻结，画面凝固，冰雪世界。四季景致不同，各有千秋。我不禁羡慕他幸运——能观赏到山水四季的不同风采。

环顾四周，不知道什么时候已经置身在落差最大的“飞龙瀑”前。看那瀑布仿佛是从山与天相连的缝隙里涌出来的，透明的雾气中带着几分仙气，顺着柔风轻轻拂过面颊，正如“飞龙之水天上来，纵流横穿万山峦。敢把瀑布比银河，怎会无心恋此山？”，潭水绿幽幽地泛着粼粼清波，仿佛一块飘逸的绿缎子，经过绣娘们的精工雕琢，铺在苍翠秀丽的山峦深处。长短不一的落差，形成了一道道秀美而绮丽的独特景致。随风飘来的点点水丝时不时地钻进你的发丝，轻吻着你，感受着温凉的抚摸，全身的燥热顷刻间便烟消云散，肌肤瞬间变得煞凉。在如诗如画的背景衬托下，想要照张亮白的照片，都是不能的，潭边光线暗弱，但那是一种神秘的幽暗。在瀑布边走过，不知不觉地成为风景的一部分，装点着诗意的空间，也让人的心更近一步贴近了梦中的那片丰饶之地。

人在涧边走，水在脚下流。九龙瀑，这富有生命的瀑布啊，是大自然的神力造就。既让人心旷神怡，又感叹自然界里不可破解的谜——水，飞腾之时傲视天下，宁静之时平心自安。冥冥之中，似乎蕴含禅意。

醉倒在瀑布的世界里，你的身躯乃至精神就没有理由不被其占领。不亲临于它，就不足以用笔墨去泼洒这道帘幕。它用其独有的磅礴气势吸引了一批又一批的观瞻者。岁月如水流逝，物是人非。在它伟岸的躯体旁会遗下无数人的足迹，而它依然以其冷峻的外表，傲视众生！我伸出双臂，欲微笑着与九龙瀑握手话别。似梦非梦里，九龙瀑也仿佛微笑着，将它那双粗壮而细腻的大手伸了出来，伴着豪情的一笑，令人眩晕痴迷。

人生在世，唯有贴近大自然，并从中广采博取，不断蕴集，才可能有人生的蓄势一跃，喷珠溅玉成芳华一片。

一轮日出，写意峨眉之美

峨眉天下秀，青城天下幽。峨眉山山势雄伟，隘谷深幽，飞瀑如帘，云海翻涌，树木葱茏，山上多佛教寺庙，是著名游览胜地。高出五岳，秀甲天下。四川峨眉山与浙江普陀山、安徽九华山、山西五台山，并称为佛教四大名山。学生时代看过不少武侠小说，对这峨眉派所居之处——“如螓首峨眉，细而长，美而艳”的描述向往已久。明人有诗云“峨眉高，高插天，百二十里云烟连，盘空鸟道千万折，奇峰朵朵开青莲”。李白在《峨眉山月歌》中也有描述：“峨眉山月半轮秋，影入平羌江水流。夜发清溪向三峡，思君不见下渝州。”

百闻不如一见，仰慕已久的名山，终于有机会亲自攀登，自然心花怒放。从“天下名山”坐上景区的旅游大巴，沿后山公路盘山而上百余华里，到达了海拔 2430 米的雷洞坪，徒步登山经过接引殿，看到了峨眉山顽皮机灵的猴子。继续前行到达海拔 2858 米的太子坪，这段山路的攀爬最是赏心悦目，一路风景如画，一路欢声笑语。因不知金顶是否有宾馆，决定下榻卧云庵；又因是下午，时间尚早，就打算先去“四面十方普贤金像”处看看再折回卧云庵，第二天早上直接去金顶观日出。

于是一鼓作气，和友人说笑着又攀行近一小时终于到达海拔 3077 米处的“普贤金像”前，不巧有雾，在金像周围留影都是朦朦胧胧的，如在仙界。盘桓游弋近两小时才下山折回卧云庵下榻。

虽是八月份炎热的天气，这里的气温却只有 10℃左右，寒气逼人！跟秀荣姐姐和衣睡在一张单人床上。怕耽误看日出，第二天凌晨四点起床，穿上俊霞姐的毛呢上衣，跟随其他游客，背上背包，向金顶出发。

天色尚早，外面漆黑一片，我们沿着蜿蜒的山路，拾级而上。远天的月亮皓朗无边，一路殷勤照耀，和友人肩并肩走着，聊着，时间过得真快。到达金顶时，都快五点了。回头看宏伟壮观的四面十方普贤金像矗立在广场上，一些寺庙建于金顶之上。在寺庙左后方，是著名的舍身崖，崖上已挤满了好几百人了，他们都穿着羽绒大衣，挂着相机、录像机，带着期待的神情望着东方天空。无奈我个子小，最好的位置已经站满人了，想挤进去却很难。气温非常低，冷得我直打哆嗦。

爬山时听导游说，峨眉山一年 365 天，其中 260 天都是阴天，80 天晴天中也不一定能赶巧看到日出。我暗暗祷告：本人善良、心诚，运气好，准能看到日出。

黎明前的天空灰蒙蒙的，四周尽管人山人海，却静谧空旷，天边依然深沉渺茫。天空渐渐变白，但依然没有看到那抹期待的红润。直到六点，人群里开始不断发出遗憾的叹息声：“看不到了！往常都是 5:40 左右开始日出的……”人们叹息着逐渐离开观景的最佳位置，到四周拍摄去了。

一直站在人群后面找不到位置的我们，赶紧占领最佳位置。6 点 10 分，人群里忽然发出一阵欢呼声，极远处的苍穹，有一团浅红色出现，云朵慢慢变大，浅粉色蔓延开来，像面旗帜。刚刚走开的人复又聚拢来，抱怨着为何不多等几分钟。我和友人则欢天喜地庆祝刚才的决定，任何事物往往再坚持一下，就会逆转吧！

站在崖边向下看去，一片云海，仿佛就在脚底下。白茫茫、虚软软、轻飘飘、颤巍巍的流烟聚在一起，就是那令人向往的白云。抬头看，天际云层间蓦然裂开一条缝隙，一缕霞光躲在白云后面亮亮地透了出来，霎时间，好几道红光同时射出来，渐渐的那方天空红了一大片，顷刻间又露出一点儿紫红，缕缕红霞，托着三两朵金色镶边的彩云……下面的云海托着这片红，洁白如棉衬着红若胭脂的彩云，色彩亮丽地逐渐放大变成橘红、金红，缓慢上升，逐渐变成小弧、半圆；然后微微一个跳跃，拖着一抹瞬息即逝的尾光，陡然间一轮圆圆的彤红的太阳戳破云团跳跃而出，嵌挂在天边。霎时金光闪耀，万道金光射向整个世界，峨眉山从头至脚逐渐披上一件金色的大氅，呈现出它半裸的秀美身躯。

人群欢腾起来！此时此刻，面对太阳喷薄而出，我感受到了从未体验过的兴奋和自豪——日出景象真是浩瀚壮阔！

我喜不自禁地向远处看去，在海拔 3099 米处的万佛顶，矗立在云海那端，仿似琼楼玉宇，与我们遥相呼应。此刻，在红日的映照下，屹立在广场之上的普贤菩萨金像金光普照，光彩耀目！我们在金顶漫步，享受着佛光的普照，心里激动而愉悦！

除了“日出”“云海”，在金顶还有“佛光”和“圣灯”这两大绝美景观，但能否看到，就要看你的运气了！

上午八点半左右，金顶周围涌现出了浓浓的云雾，白茫茫一片，云涛汹涌，仿佛大海一样。远处云端时隐时现的那座庙宇，仿似天上的宫殿，如同仙境。我拍摄下了峨眉日出的照片和记忆，连同这美丽的瞬间，足以慰藉此行。

从万佛顶下来，我们沿着洗象池、钻天坡、华严顶、万年寺、白龙洞、清音阁、一线天步行下山。夏天的峨眉山林木苍翠，泉流淙淙，清凉无比。我们走在林木遮阴的山道上，蝉鸣鸟唱，不绝于耳。蜂飞蝶舞，妙不可言。到达五显岗停车场时已是下午五时多，恋恋不舍地乘坐景区的旅游大巴，回到了位于峨眉山脚下的俊霞姐姐家。

峨眉山以其秀丽的自然风光和神话般的佛教胜迹让人镌刻于胸。她的古雅神奇，巍峨媚丽，她的绵亘曲折、千岩万壑、瀑布溪流、奇秀清雅，也会永久萦绕人们心间。从峨眉山归来，心甚喜，遂赋诗一首以记之：

蹑履振衣歌啸天，
腾身一跃上峰巅。
人行树底停而进，
笑语风中响更喧。
银海茫茫铺下界，
苍崖屹屹顶诸天。
兴酣直欲排空去，
漫步仙街控紫烟。

亲亲白河水

你从中原第一峰——伏牛山玉皇顶一泻而下，浩浩荡荡，一路欢歌，滋养一方沃土，使之山野灵秀，人才辈出。

你是从历史的桎梏走出大林莽的泪，积涓涓细流汇成汤汤白水，珠玑碧玉凝聚在一轮斜阳上，沦落在波纹深处，柔肠百结，泛起片片含情的涟漪，静静垂钓着历史的空隙，延续一脉相承的故事。

闲暇之时，常有一个自顾吟诗的女子，面对白水的丰韵，感叹那一腔坦坦荡荡的情怀。河风舞兮！从春深深几许的线装书中走出，明媚了一川的河水。

历史是哪一天？已不太清楚。是你，将文明的印记拓在这里，从此，这里便有了生命的气息与希望。白河水，你是伏牛山的闺女，你在汲取了大山的灵秀之后温情婉约而来；白河水，你是伏牛山的儿子，你在蓄积了大山的力量之后披荆斩棘而来。无论驻足哪里，哪里便开始流淌文明。

历史被沧桑的岁月吞噬，白河水依旧日夜滔滔。在这奔腾不息的追求中，以往的荒僻没了，四通八达的道路纵横了你的视野，丰富了你的胸襟。

脚步慢一点儿，就追不上你慷慨的步履——你也会在季节洪峰的时候责备你的子民……不！其实那不是你的故意。也许是你深邃的文明承受不住时代的折磨，抑或是你丰富的情感在撞击尘俗的荒原，你低吼着，呐喊，呐喊，唤醒沉睡的人们，要珍视白河。

你的呼唤越来越急切，终于，那么多深爱你的儿女觉醒啦！你身躯之上的一座座桥梁，凝聚着艰苦奋斗的血汗，人们何尝不是在日夜朝拜、日夜拼争、日夜解读你包裹久远的文明呢？一代代家乡人历尽艰辛努力地传承着……

我在读尽你的苍凉后，开始用笔书写家乡人奋发的精神面貌……

那一天我不得不别你而去……

离开你的日子，我脚步蹒跚在南方繁华的街市路口，带着家乡人的韧性和渴望，在异乡求索着。我努力，我拼争，尽管我单薄，我渺小，我却没有因为家乡的封闭迷失在大都市灯红酒绿的街巷。我暗自庆幸，我拥有伏牛山的豪情与白河水的豁达——这都是你的品质和精神潜移默化成了我骨子里的热血。

我躬下身子埋下头，不说孤单，不言艰难，在尘俗的喧哗中历练，在孤寂里陪伴我的就是你——悠悠的白河水！在我落魄失望时，你的身影就会幻化成八个字："鼓起勇气！自强不息！"怀着这份执念，我坦然地走过大都市的一个个街口，终于又回到了由你滋养我的这片中原大地。

岁月被生活烙下一道印痕，便会多一些沧桑和阅历。无法忘却的生命的定义里，写满你的品性。

昨天的日记早已泛黄，熟悉的往事，戏水的童年也已经随波逐流，昔日的漫水桥遗留在记忆深处……在每个有你的梦里，潮湿了我的思绪。而今伫立河畔的身影，那是在目送历史远去的人们。

往事去了，留下一片白日的喧腾和夜晚的宁静。人生，从这里起步，更当从这里阔步。

白河水，你引领着文明，日日夜夜奔流不息，就是在告诉人们：生命的财富在于不停地拼搏，只有智慧的头脑和勤劳的双手，才能拥有文明。

白河水，你用洁净的水质，召唤来多情的水鸟栖居。

“落霞与孤鹜齐飞，秋水共长天一色”的诗情画意不再是梦境。

“一道残阳铺水中，半江瑟瑟半江红”的绚丽多姿是摄影师和画家的至爱。

人们划着小船游弋在你的怀抱里徜徉，与你零距离亲密接触。船桨劈开碧水，划去一身的疲惫。

沿河的湿地公园，景色绮丽。在绿茵茵的草地上，在姹紫嫣红的花坛边，在柳丝飞扬的绿雾里，在清香悠然的荷塘畔，在雕梁画栋的廊亭下，在流金溢彩的观景台……处处都有亲近你、深爱你的子民。

亲亲白河水啊！人们看到了你希冀的眼泪，读到了你斑斓的梦想……你用宽阔的河面作琴，用一道道波纹作弦，向挚爱你的人们弹奏着动人魂魄的乐曲。

哦，亲亲的白河水……

在龙河的岸边徜徉

每当身心疲惫到无法忍受时，心中的那个向往就愈加强烈——奔向山水所在。常去的地方是位于西峡县五道礓和龙潭沟之间的龙河。传说中的龙早已裹风挟雨、腾云驾雾而去，而它遗留下来的龙河以及簇绕山中的绿树、野花、清风、白云，仍以其独特的俊逸和魅力吸引着游者。

喜欢将自己置于山中，看白云，听水声，访奇石，观古木，采野果，逗鸟雀，寻野菜，扑蝴蝶，饮山泉，戏游鱼，涉浅溪，闻回声……彼时彼刻，幸福的感觉就像扑愣愣的山鸟般腾飞。因为平时工作繁忙，假期里能与山水相偎相依的日子不长，故而欣赏龙河这幅山水长卷不能面面俱到，我只撷取几个画面、一些镜头与大家分享吧。

白云抱幽石，绿筱媚清涟——写的是翠竹。她们的身影不时闪现，或摇曳在小溪畔，或拥挤在山脚下，或静默在农舍前。竹枝竹叶挨挨挤挤，风起，飒飒瑟瑟，轻歌曼舞；风止，缄口不语，心照不宣地静立，像在传递某个秘密。“宁可食无肉，不可居无竹。”很想在自己房前屋后种片竹林，可在钢筋混凝土构筑的城市，这绝对是种幻想！只能心里向往。面对这青青翠翠的竹林，很想“独坐幽篁里，弹琴复长啸”，真正走进去，却不敢高声语，恐惊这幽静，只能深情凝望。它们与山村的鸡鸣犬吠以及山野中的风声雨声相守相伴，捧出一蓬蓬茂盛的鲜绿，点缀一方风景，为村民倾尽所有，送来一生的福祉。

山泉鸣石涧，地籁响岩风——说的是清泉。清泉总是在葱葱郁郁的绿色中显露出她们清亮的身影，自上而下，仿若玉带，飘然而来，柔曼轻盈，莞尔多姿，泉水中或隐或露的石块儿是刺绣在玉带上的或暗或明的花团儿。沿山势形成的那些瀑布就是丝线，串上清潭碧水，仿佛在丝带上系上了环佩和铃铛，于是玉带飘飘，叮叮咚咚……站在龙河靠山的一侧，脑海中立刻幻化出一幅画境：是谁在山之深处婆娑起舞？敦煌飞天、凌波仙子还是月里嫦娥？我只有化作山泉旁一茎草、一棵树或者一块石，才有可能窥探得到啊！面对山泉，我常想：造物何其神化！刚柔相济，阴阳调配，山，原本是冷硬的、粗犷的，因了这潺潺不绝的山泉，便柔润起来，妩媚起来，灵动起来。

远望老嵯峨，近观怪嵚崟——描的是山石。石是山的骨骼，它们或临水而立，如凝眸明镜的扮装少女；或横亘山道，如一夫当关的威猛武士；或静卧山涧，如逃离尘缘的高雅隐士；或独立山崖，像接受万物顶礼膜拜的神祇；或俯身溪流，变作形状各异的“海龟望月”“童子拜佛”“天女散花”“白水秋风”“灵岩叠翠”“罗峰晴云”“红珠拥翠”“虎溪听泉”“卧云浮舟”“冷杉幽林”等。

溯流而上，会惊讶地发现一块长方巨石，表面平坦似石桌，两侧恰有两株根如龙爪、皮似龙鳞的古树，倘若你肯放两盏清茶，那就构成了两位须髯飘逸的仙人坐石桌清谈的场景了。真个是妙哉！一处山道旁，两块巨石斜着膀子歪在一块儿，就天然搭建成了一个石寮：漫漫长夜，凄风冷雨时，它曾接纳过一群野兔、一只山雀、一位翻山越岭到处采药的郎中，或是一位追逐猎物一时下不了山的猎户？

孤蝶小徘徊，翩翾粉翅开——绘的是蝴蝶。或粉白，或紫红，或蓝莹莹，或金灿灿，或干脆就是一盘打翻的颜料混在了一起的色彩，翩跹于草丛，嬉戏于水湄，逗留于山腰，分明就是一朵朵飞动的花！蓦地想起法国诗人列那尔在《蝴蝶》中写道：“这封轻柔的短函对折着，正在寻找一个花儿投递处。”诗人看到的是一只蝴蝶，一朵花。而龙河岸边山间的这些黄、白、紫色的“信函”，究竟要投递到哪里去呢？一只蝴蝶飞旋在一块长满青苔的巨石上，像一位农民深情地守望着绿油油的庄稼地，也许它是打算做这青苔的主人吧！还有那两只彩蝶，忽上忽下，忽远忽近，缠缠绵绵，不离不弃，它们可是从《梁祝》中翩然飞来的那两只？呵呵，你说那只独自穿行在枝叶间忽隐忽现的紫蝴蝶，肯定是庄周梦里的那只，不然怎会如此空灵飘逸？

日啖三百颗，长做山里人——讲的是野果。聚天地之灵气，集日月之精华，大山慷慨，捧出一树树野果，红艳艳、酸溜溜；只知道为数很少的几种：山樱桃、酸枣儿、山里果……大部分是叫不出名字的。看着鲜艳欲滴，就是不敢吃。生物老师说：“越是满树的野果，越不敢吃；因为鸟雀都不尝的，肯定有毒！”当我们馋得流哈喇子时，猛然看见山里孩子在抢吃的那种野果，马上一拥而上。小巧、伶俐、可人，一嘟噜一串串，时不时闪现在眼前，恰如畅游在林海中的一尾尾文静的小红鱼儿，让谁牵肠挂肚？让谁辗转反侧？尤其是“八月炸”这野果，形如土豆、颜色青灰，厚厚的果皮到八月才会炸开，露出莹白的果肉，食之香甜。这多像山里的清纯女孩，非要等到了生命中的中意之人，才肯吐出心中的蜜语柔情。

只在此山中，云深不知处——赞的是采药人。在山水间游荡，总会见到一些采药人，他们或紧或慢挥动着药锄，葛根啊，牛蒡啊、费菜啊……都被收进他们的背篓里。草药就随着采药人下山，进入药房，盛进药罐，进入人们疼痛的肝、脾、胃等器官，用这里的蓝天、白云、阳光、清泉做药引熬制出的汤药是灵丹妙药，能快速祛除疾病的困扰。采药者就是神的使者，负责把山水的慈悲和良善植入人们的心中。

记忆中的山山水水，赏心悦目怡情，若能经常邀约三五好友，携琴载酒，穿梭于林间溪畔，在龙河的岸边徜徉，沐浴着山风雨露，迎来朝晖送走暮霭，那该是何等逍遥自在！

泸沽湖，梦中的女神

我曾见过浩浩荡荡、一望无际的洞庭湖；见过烟波浩渺、浮光跃金的大明湖；也见过碧波微漾、淡妆浓抹总相宜的西湖……但美得令我心颤的却是她——如梦如幻、神秘莫测的泸沽湖。

依山环百户，傍水自成村。
湖柳摇清影，凉风拂筚门。
轻盈阿夏舞，朴野古风存。
更有摩梭女，相邀去走婚。

她宛若一颗蓝色宝石，镶嵌在四川省盐源县的泸沽湖镇。从山顶俯视这座高原湖泊，湖中六岛，亭亭玉立，林木葱郁。湖内碧波荡漾，清澈莹透，各色藻类点缀其间。湖四周青山环绕，森林茂密，古树参天，流水潺潺。

泸沽湖犹如一位纯情少女，清雅秀丽，美得让人心颤。画家说，她不能画出来，因为水太蓝，画出来色彩不正；作家说，她的水可以直接吸入笔中写诗，但诗又无法穷尽她的意韵；摄影家说，她无法用镜头捕捉，因为镜头展现的是凝固的画面，她的美只能领悟不能言传。

轻轻依在她的身边，能让人产生无尽的遐想。

文静是她的主旋律！山风不经意地吹来，贴着湖面袅袅飘逸，思绪也被轻易地扯开，随风儿散去。

泸沽湖宛如一个奇幻女子，不停更换着衣裙。清晨，山峦白雾，湖笼青烟，红霞隐隐；曙光里，波光闪闪，湖面静谧，偶尔有船儿穿梭于轻纱般的晨雾里；静穆中，悦耳的山歌缥缈于耳畔，余音缭绕；中午，微风轻拂，涟漪叠起，舟如飘叶；傍晚，晚风推着浪花，层层涌来；夜里，星辰掉落湖底，周围静幽神奇，恍如仙境。

泸沽湖因她“天然去雕饰”之美，成为人间仙境，难怪美国探险队长洛克会由衷赞叹：“真是个适合神仙居住的地方！”

清晨的泸沽湖，娴静优美。湛蓝的湖水深邃魅惑，似乎要把人们带进梦幻般的世界。当朝阳融进泸沽湖那如梦幻的湛蓝的时候，这美丽的湖立刻把她的明丽与曼妙展现出来。烟波浩渺的水面在晨光里闪耀着晶莹明澈的光芒，光影在清波里摇曳出千点万点的小花朵。这就是泸沽湖特有的海藻花开出的花，那花儿白英黄蕊，玲珑雅致。

湖岸屹立着“格姆”山，“格姆”在摩梭语里意为女山，传说她可是一位美丽多情的女神。古老的民间传说和同样古老的走婚习俗，使这片美丽山水平添了几分神秘的色彩。

在那湖光山色之间，零星分布着一些摩梭人村落。现代文明对原生态自然环境的追逐，已经使这个原本如世外桃源般的地方日渐热闹起来。七十三家摩梭人把自己临湖的土地和房屋出租给外地商人搞开发，日子过得都很富有。

夕阳西沉的时候，泸沽湖又是一番别致的景象。高原傍晚的晴空与内地截然不同，似乎永远蓝得让人目眩神迷，就连天边的云彩也感染上了这令人目眩的蓝而变得那么柔美。

天光渐渐暗下去，远山把深黛色的轮廓投影在天幕上。从晚风里飘过来远处摩梭男孩女孩们悠扬的歌，听不懂，但很美。此时，一湖沉静的碧绿在高原的天宇下，在悠悠的晚风里深情地摇曳，醉了一湖细碎的波光，也醉了一湖悠扬的歌声。

我们坐上猪槽船晃晃悠悠地滑行在涟漪起伏的翠波上，划船的摩梭男子还年轻，但高原的阳光与风雨使他看上去要比实际年龄苍老得多。船桨轻快地在水面滑动，随着划船的节奏，这位摩梭男子唱起了情歌。远处的歌声与这位摩梭男子的歌唱互相应和。歌声如鸟语，一时间好像这湖面上到处都飞翔着这如鸟的歌声。

我已经被融入到了那一片无边的澄碧，那一片暮色苍茫中，沉醉不知归路。

美丽的泸沽湖，梦中的女神，期待与你再次相逢！

一路向西，逍遥天祝

“这里，天空蔚蓝，白云悠悠；这里，雪山巍峨，草原茫茫；这里，海子清澈，溪水潺潺；这里，桑烟袅袅，经幡猎猎；这里……”

这是文友麦田对地处中国西北的天祝藏族自治县的描述。说实话，我有点儿不信。在不少影视作品和书籍中，中国西北就是干旱、贫瘠、黄土的代名词。我刚透露出一点点怀疑，麦田老师就信誓旦旦地说：由于海拔高，在中原大地酷暑难耐的时候，这里却气候宜人，山花烂漫，蜂蝶飞舞，犹如七彩图画，多少人都梦想着在这里度过燥热难当的夏季呢！去天堂寺转经筒，去天祝三峡听松涛，去马牙雪山看天池，去藏族风情家园跳锅庄舞……来不？麦田老师自豪中带有得意，但他口中描述出的一幅幅高原风景的确撩人心扉。

于是，趁着暑假，我们车行如飞，一路向西。由于与家人同行，所以跟麦田约定先去新疆省亲，回程时到天祝。

新疆是个好地方，碧草蓝天热难当！我开玩笑说差点把我晒成果脯。出了星星峡，一路戈壁，了无生机。过张掖、近武威，总算显现出一抹绿色，但跟南阳相比，多了太多褐黄，不禁再次怀疑麦田之语。

黄昏时分穿越乌鞘岭隧道，骤雨来袭，又急又猛，道路成河，被迫停车。车窗成雨帘了，外边一片模糊，唯听雨滴砸落车顶的噼里啪啦声与呜呜的凛冽风声。唉，麦田呀，说好的白云悠悠、经幡猎猎呢？这欢迎方式是不是有点突然？我和麦田老师电话里调侃的工夫，雨却停了。下车透口气，空气清新异常，转瞬间西天出现了美丽的夕阳红！

不是没有感受过雨后初晴的傍晚，也不是没见过雨后的夕阳余晖，而眼前的一切唯有一个字能够说明：净！干净的不仅仅是天空和大地，还有自己的内心。深蓝的天幕、火红的云彩、古铜色的山峦……刹那间浑然忘我。目光缓缓远去，再拉近，似乎身体也飘浮起来俯瞰着连绵起伏的山峰，成群的牛羊如梦般在草地上飘荡。经雨洗涤的树，翠色欲流，清风徐徐，枝叶慢摇，是哪里的鸟儿呢，只闻其声，未见其影，莫非是神灵的有意而为？这里该是神仙居住的地方吧？牛羊似乎并不怕人，慢悠悠踱着步子，有几只还从容优雅地踱步到公路与我对视，清澈的眸子中我蓦地看到发呆的我。我惊诧自己怎会有如此神奇的想法了。匆忙地将我惊讶的目标摄入镜头：白色的牦牛，如棉花般绣在一碧千里的山峦上，成群的马儿咀嚼着丰茂的青草，驼峰起伏中隐约传来了驼铃声。

如果有一天，我能在这里做一只闲云野鹤，沉醉在这样的境界，一定最具禅意。天祝的美，我有点信了。

赏天地美景，叹自然造化，沉醉间收到麦田老师询问行程的短信，遂一路笑声赶往天祝县城。二十分钟路程，气温又降，麦田老师举家迎候，雨中相见，心里满是感动，眼眶也湿润了。这个我印象里豪爽粗犷的西北汉子，细心周到得出人意料。

在他早已安顿好的住处——天祝宾馆稍事休息后，又去了他提前订好的餐厅吃饭。雅间名曰“格桑花”，流光溢彩，金碧辉煌的，很有民族特色。一桌子美味佳肴：翠莹莹的甜脆豆，物如其名，又脆又甜，让人唇齿留香；又名龙须菜的沙葱自然来自沙漠；鹿角菜，顾名思义，形若鹿角，嚼着脆生生的；手抓绵羊肉，味道鲜美，一点儿都不腥膻；用荨麻磨成的粉做出的荨麻饼，味道独特，无法言喻；选用稀有的白牦牛奶汁做成的酸奶，稠糊糊的，酸甜可口；麦田老师珍藏了二十多年的“天祝玉液”，更是醇厚绵长……我那近八十岁的老母亲，奔波一路，虽然有些高原反应，过于劳累，此刻也同我们举杯共饮，满心欢喜。

第二天一早我们出发去石门沟。清晨的空气里，裹着青木的芳香。微微的寒意，驱散了心头的烦躁。拔了几根芨芨草！凝望着远方，拍下了一帧帧剪影。一方红丝巾，舞在蓝天白云间，舞出了心中的狂野。我歌我舞，都只为心里的感动！我说我笑，都只为梦中的绿草地！

我想我是情不自禁啦！面对这一片蔚蓝，这辽阔的原野，绒绒的绿毯，披翠的山峦，这沉寂的土地，这广袤的草原，让人心旷神怡。只想让灵魂在这片原野小憩一会儿，让心凝形释、万化冥合、褪去喧嚣中的种种伪饰，素面朝天！

药水神泉，真的和药水有关吗？淙淙流淌的水中，掩着明处或暗处的泉眼。从泛着碧绿的光滑里，我真想打捞一点儿历史的典故或者遗迹。我掬起一捧水，把脸整个儿埋进清凉里，滚烫的面颊霎时清爽。抬头，一只飞鸟斜着身子，划过我的视野。俯首，似乎瞥见自己幻化成一条千年前的小鱼儿，逆着水流，欢快地游。

我们驱车攀上一个建在半山腰的藏族风情园。四周是晾晒的羊皮、牛皮，还有在空中呼啦啦飘舞的经幡。客厅的装饰也很有民族特色，精美的鲜亮的色彩条纹艳丽有序。饭前藏民为我们准备了油亮金黄的酥油奶茶，藏民去放牧就喝这个，耐饥耐渴。大盘鸡和高原上特有的蕨菜，荤素搭配刚刚好。还有特色的羊血肠，看着吓人，吃起来奇香！我学着麦田老师的样子，把炒过的青稞面倒进喝剩下的酥油茶里面，搅匀捏成块儿，嚼着吃，这就是糌粑。

席间，主人斟满一大杯酒，来到你面前，一首歌婉转悠扬唱下来，你好意思不喝吗？再斟再喝，直到自己也南腔北调地放开嗓门，结结实实吼它几句，这就把宴会推到了高潮。我猜想，风情园门口那几棵歪斜的老树，肯定是醉倒的。就让我的醉意随着缕缕格桑花的芳香，化作清风去吧，千万别让山坡上悠闲的牛羊，也醉倒了。

又一个清晨，我踏着软软的天然草毡，聆听百鸟清脆的歌声；看草原上一轮红日冉冉升起，绿叶上透明的露珠，立刻变成了闪烁的珍珠；马群、牛群、羊群也在广阔的草原上蠕动了，“天苍苍野茫茫，风吹草低见牛羊”。夜幕之时，篝火熊熊，我和天祝人尽情地攀谈、跳舞、唱歌；然后坐在软绵绵的草甸子上，享受独处的妙趣。

滴答滴答，那是华锐的雨，你要送我去哪里？我多想化作腾格里的一粒沙子，在雨里滚动、滑行；滴答滴答，那是华锐的雨，湿透了我八千里路的云和月。遥望马牙雪山，却不能走近，全因为这雨。洗净了树木山石，仿佛也洗净了郁结心头多年的尘积。马牙雪山，你以你的传闻，留给我一份神秘和缺憾。让我在以后的岁月里，念念不止。我只能远远凝望，把酒祝愿了！

短暂的相逢，我要离开了，和着雨潮湿的节拍，迷蒙了双眼。有风吹来，这是天祝草原的风，裹着花香。那斑斓的野花，无论是灿若金星，还是纤若红簪，都装点着我的梦境；草原的风，是绿色的，吹过我的梦野，弥漫着青稞酒的味道。可惜我不能时时让风儿来翻翻我的书，润润我的肺。

我想，我是真醉在这块土地上了。我轻轻地来，也悄悄地走。我挥一挥手，却不能把我爱的这些带走。

要离开天祝了，麦田所说的天祝美景只看了一小部分，但我确信麦田所言不虚。也好，留点遗憾也就为再次踏上这片神奇的土地埋下伏笔，挺好的！

人在旅途

谁说过，身体和心灵，必有一个在旅途!

少年时代我就有一个很奇怪的念头，希望自己乘坐一列永不停止的火车在旅途上行走，让心在旅途漂泊，不必在意世俗生活的得失与荣辱，专心享受旅途的快乐与艰辛。

工作后，很多的梦想破灭了，理想的丰满与现实的骨感不断地冲突，我更加向往旅途，向往漂泊，心在旅途是我对生活的一种消极的逃避，逃避现实、逃避失败、逃避我厌倦的一切。而旅途是一种美好的期待，是一种热情的向往，更是一种白日的美梦。

梦虽然愈来愈缥缈，心却在向往中越来越年轻。随着年龄的增长，浮躁的心境渐渐沉静下来。在生命的特定阶段，终于可以平静地面对世间百态，可以宠辱不惊，可以笑对失败，可以微笑着吞掉眼泪，但对旅途的向往依然没有褪色，所不同的是已赋予它新的意义，新的期望，新的价值……

身心疲惫时就到旅途中去解压、去忘却、去救赎。找一方远离尘嚣未被文明开垦的自然，驾驭心灵的列车，让灵魂在宁静中驰骋，在漂泊中丢弃烦恼、痛苦失意……重新获得一份宁静和坦然。

旅途作为一种期望，永不褪色地粘贴在我心灵的网页，在经历岁月的淘洗之后我忽然有了新的感悟：生命其实就是一次旅行，而作为生命载体的人一直处在旅途中，少年是在享受沿途的风光，陶醉于迷人的风景；青年选择自己喜欢的景致，寻找美的真谛；中年遍尝旅途的劳累与艰辛，慢慢地寻找归途；老年慢赏无数的风景，坦然面对周遭的一切，达观平静地保留一份回忆。

身在现实中奔突，心却在旅途中徜徉。

人生是一场不断行走的旅程，没有谁能确切知道，归途的落脚地。

有年暑假，我陪同母亲远赴新疆，完成她老人家和兄妹最后一聚的夙愿。昼夜奔波，自驾一万六千里，一路向西。

天有不测风云，人会朝思暮想。这次赴疆本来考虑母亲身体多病，应有诸多不适应，但老人家因为和儿女同车旅行，居然撑过了长途跋涉的辛劳以及高原反应带来的眩晕和呕吐。看着她满头飞舞的银丝，在朝晖夕霞中闪烁，不禁鼻翼翕动，泪水潸然。关于人生，关于家庭，关于人到中年的辛劳遭逢，不能说，也不想说，只能坦然面对。

远远望见玉门关，与心里早就拟画的样子截然不同。“羌笛何须怨杨柳，春风不度玉门关。”我一直想去看看的地方，到底如何的蛮荒和凄凉？但是此关一晃而过，其实也知道，不过是一望无际的戈壁滩，偶尔飞过的沙丘，没什么好看的，就一关卡而已，名气大点，只不过那位叫王之涣的古人和那句古诗一直在心底里缭绕着，宛如一个动人的童话，诱惑着善感之人向往而不得的骚动之心罢了。

春风已过玉门关，留下千秋万代传。
白云千载空悠悠，徒教后人思连绵。

一车六人，话语不断，旅途中路过的地名，出过的名人，发生过的故事，你一言我一语，点缀着旅途，倒不觉得孤单。老母亲微笑地听着，也许早已沉浸在某个过往的片段里。

车轮飞滚着，天黑了，晚霞落下，暮色四合。车道上的反光条扑啸而来，耀眼的雪白，刺向行走在西行路上的人心中。在沉默的夜色里，为避免开车人犯困，我们不住地寻找话题，将多年不曾说的都说出来。于是就聊起人生的过往，聊起母亲一辈子的遭遇，一生受的苦，在孤单的日子她为儿子操心受累的一幕幕；又从儿时到少年，从少年到青年，从青春到中年的风雨；聊起了孩提时家庭的变故导致一生的坎坷；聊起了一个个熟知的人……不由得唏嘘不已。母亲也将人生的实际体验，以过来人的身份，一一陈述，只希望我们能懂得人生的风雨与不易。

甘肃境内，道路如此狭长。在黑色的夜里开车，宛若行走在寂静无人的荒原，越开越冷清，越开越入神。

决定在服务区休息半宿，半夜从梦里醒来，就再也睡不着了，迷迷糊糊想着那些可怜的心思，望着窗外半透亮的月色，偶尔传来人声及蝉鸣声，仿佛身处孤岛，独守荒原。

索性起来，天空模模糊糊的，一会儿竟飘起了细雨。对面有一家小饭馆，街巷悠长深远，很有点江南小镇情调，也有几分戴望舒描绘的雨巷的意境，惊叹在这粗犷的甘肃大地竟然有传说中的美妙巷子。突然，小巷里传来二胡声，是哪位雅人，在这幽幽雨巷里，在朦胧的清晨，如此逍遥？

对于生命，对于一切可以抒发情怀的排遣，我总会生出几分怜悯和感触。也常常在夜深处，坐在电脑前，用心敲打着文字，寂寥又安然地将心思和情怀抽丝剥茧地晾晒出来，就怕日子久了，会捂得发霉变质了。也常常站起身来，看看窗外，那棵枯树寂静地伫立着，宛如一个极耐心的伴侣，一个极听话相依相伴的爱人。心思如远处的模糊景象，似有似无，人生的一切遭际，在此刻也被搅乱，似乎无存在的必要。

且罢，钻进车内，在黎明的黑暗里再次踏上征程，不思前想后梦红尘，且做一个路过此地坦然前行的旅人。

渐渐地，前方的路光亮起来，一轮红日从地平线，活泼泼地跃将出来，带着可爱的红晕，闪着炫目的光芒，照亮我前方的大道。

第三辑　一根羽毛轻轻飘

它离地面越来越近，越来越近，它甚至听到有人在说："瞧！一根羽毛！好漂亮！"它看清了，那是一个叫诸葛玉儿的女子，一个内心永远都在流浪的女子！在与这女子的眼睫毛相撞的一刹那，它清楚地看到：有一滴晶莹的东西在女子眼中闪烁，它的心霎时就狠狠地痛了一下：遇见是一种幸运，被关注才是一种幸福！这根羽毛在扑向地面的刹那间频频回首，似乎要记住这个女子，记住她眼神里的东西，记住这短暂的一晤和今后一定会有的永久牵绊。

一棵在城市中行走的树

莫名其妙地喜欢在黄昏散步，尽管是在异乡，这种喜好丝毫不减。

这个黄昏，和以往的任何一个黄昏，以及将要到来的无数个黄昏像是同一个黄昏。

在你看来，没有多大区别；如果非要说区别，那就是在家乡的黄昏，你是喜欢站在大桥上欣赏夕晖下的一切，看河面上浮光跃金，看夕阳浩荡地滚过西天，然后华丽地毁灭；而今是走在异乡——视野有些受阻的街道。

你漫无目的地走进了一条大街，甚至没去在意街道的名字，仅仅是扫了一眼便记住了苏州城里这条普通的街道——春分街，也许你觉得走进的不过是无数个城市的同一条街道。

当然，“同一条街道”是你虚拟的，它最早是存在于博尔赫斯的小说中，你惊奇的是现在它却如此清晰地躺在这里，躺在地球的某个角落，躺在你的脚边，延伸在你的眼前，那么真实清晰。它有宽阔的街道，街道两边的树木比家乡的灵秀得多，叶子精致到似乎每一片都是用剪刀精心裁剪而出后，又用翡翠色的羽毛绣织而成，或透明或泛着光泽，熠熠闪烁着捉摸不定的诱惑。

街边无数个店铺，没有一点嘈杂声，都透着幽微的光芒，宁静得让你以为它们只是城市必需的组成部分，营业与否跟它们无关。

灰色的水泥路面，也许是柏油马路，在夕阳的光晕里，有些冷凝，有些荒诞。你的高跟鞋落上去，都是一样的脆响；不同的是，在家乡你的脚步总是匆忙的，那响声是急促的，因此并不悦耳；而在异乡，却是难得的散漫和悠闲。

你喜欢这种有限的自由和松弛，甚至喜欢高跟鞋很有节奏地敲击路面而形成的韵律。

你一直固执地认为，行走，是你在这个人世间存在的一种方式。你的脚步不停止，就是你最切实的存在。你像是在漫游，和身体的移动无关；意识总是不能在一个地方停留，做短暂的调休。

你无法使自己融入这座城市，你潜意识里就是一个异存者，或者可以说是某种意义上的一个游荡者。你宁愿相信：你是这座城市飘过的一片云，或者是掠过的一缕风，你虽然身在其中，却觉得距离很远。

你笃定你是孤独的、漂泊的、疏离的、无奈的，你凝视着这座宁静的城市，却无法把握她的秘密——因为你也是这座城市秘密的一部分。

在家乡，惯常的日子里，你从来没有仔细打量过某条街道，没有审视过它的表情，哪怕是一次短暂的交流。你一直觉得自己是匆忙的，匆忙得连缓口气的工夫都觉得是浪费。为了抓住生命给予你的时光，你只能机械地，从一个固定点飘移到另一个点，永远都是直线式的轨迹，你的脑海不敢溢出抛物线那样的优雅。

你没有想过去走走另一条街道——带着欣赏的眼睛去观望另一条街道的风景，你没有时间，也没有思维。你的思维已经被约定俗成、被模式化了。在你眼中，人和大楼、街道、树木，都只是一座城市的组成符号。

因此，在这个黄昏，当你突然走在异乡的街道，当你放慢了脚步，你竟然发现这份陌生里的熟悉。街道还是街道，却干净了许多；空气还是城市里的，带着点汽油味儿，却没了灰尘；路还是路，却宽阔了许多；人还是人，却没有了粗声大嗓；周围还是那些城市符号，却少了很多喧嚣和杂乱……你竟有些莫名的惊喜和感动。

你没有寻到泥土的身影，即便是道旁的树木，根部也有水泥砌成的包围圈。偶尔一片落叶，无论以多么优雅的姿态飘落在水泥路面上时，也是彷徨无措地扭动一下，颤抖着猜想自己的位置是否合适。你很清楚：尽管曾经在枝头辉煌过，此刻落下来了就和城市的垃圾一样都属于异类，与城市格格不入，很快会被清洁工收集起来清理掉。

你说的牛羊、麦穗、泥土、落叶、草垛、溪流，那是属于农村的，它们是城市的悖论，理应被清理和改造。城市需要粮食，但粮食已经转化成制品；城市需要牛奶，但是被包装整齐地码在超市的货架上，或盛在各种容器内。也就是说，若想存在，就必须有和这座城市相适应的形式——精致、华丽。这存在已经不是粮食最初的形态，不再朴实真切，散发着阳光和大地的味道。甚至于人，行为和思维也是被各种容器包裹着，有形的、无形的，不打开就永远看不到真相。

停下脚步，你站在大街的一边，看看身边擦肩而过的人，他们和你一样孤单，彼此之间一样陌生，你永远记不住任何一张面孔。当然，你也无须记住那些面孔，他们和你一样，也是这座城市的过客，都是步履匆匆，神情木然。偶尔的笑意，也像是落叶划过黄昏的风一样，悄无声息，空洞木讷。他们居住在这座城市内部，但是永远被城市所抛弃；他们构成了城市的血脉，自我却永远无法感知城市的脉动；每一个居所，每一个场地，都不是温情的所在。你和他们一起工作或行走在熙攘的人群，但是孤独却愈加强烈，那些人的声音和行动，都是彼此毫不相干的——缥缈、恍惚、苍白。

街道两旁的树木，以树的形象站立着，不怒不喜，不卑不亢，注视着人来车往，默不作声，淡看云卷云舒，花开花落，它们应该是这街道上唯一有生命的东西了，但是也被城市整治规划，以一种规范的姿态矗立着。它们似乎被掏空了生命，不再是季节的征候，不再为人类诉说年轮的故事，它们只是来装点城市的——从它们离开乡村那一刻起，就意味着本色的改变和重置。

你莫名地惆怅了一下，忽然看到街角一堵色彩凝重的墙上有这么一段话，你驻足揣摩，感觉冷漠的心慢慢温暖了起来：

在这里，
用一块面包的热度温暖你；
在这里，
用一杯咖啡的时间想念你。
氤氲中，
播映着关于自己的故事；
搅拌中，
品尝着属于自己的回忆。
舌尖上的心情，
透过时光的琉璃，
缓缓流淌。
你不曾真的离去，
一直缱绻在我心底。

突然意识到：在某个黄昏，突然走进一种意境，走入一种心情，走进一处温暖，走过一种满足，实在是一件幸福的事。

你行走着，在异乡的街道，或孤独，或无助，或彷徨。尽管百味陈杂，但总算看完了这条街道上的所有东西。

你忽然觉得自己就是一棵树，比树幸运的是——你是一棵能在城市中行走的树。

一根羽毛轻轻地飘

这是一个慵懒的夏日黄昏，夕阳在白河下游的水面上，跳跃着，大概是想在归家之前涤净一身的灰尘吧！清凌凌的水面映下了她那红润的脸庞和幻彩的身姿，倏尔娇笑着一颤，洒出一片金灿灿的光芒，在河面上浮荡着一层粼粼的纹路。

那个喜欢看落日的女子，此刻又倚着栏杆，眯着眼睛，痴迷在夕晖的光影里。

她蓦然瞥见一根羽毛，从高空坠落。

这根羽毛，在澄净的碧空的映衬下，通体晶莹，雪白得晃人眼。

它的主人是一只白鸽，还是一只白鹭？它于何时离开了主人，孤零零地做着飞天之梦？它此时正软悠悠飘在空中，优雅地摇曳着，带着些许轻微的伤感，飘啊飘。

夕阳照在羽毛上，它的雪白被镀上了一层柔软的浅浅的橘黄色，就像一个发光体，显得更醒目了。虽然只是一层淡淡、浅浅、薄薄的光晕，却有一种销魂的魄力，如同一个圣洁的天使——也许它本来就是天使的一片羽翼也未可知！偏巧地上有个人在专注地凝望，除此，它没有引来第二个人的观望。

它也许真的落寞了，只好百无聊赖地飘啊飘，优雅地轻轻颤抖着，不肯低下高贵的头。

桥上有辆摩托车飞驰而过，带起了一股强劲的气流旋儿，冲向羽毛，羽毛立刻感受到这种粗暴的爱抚，陡然弹跳了一下，随即就在空中打起旋儿来，也许是心潮翻腾，它情不自禁地翻了两个跟头，如同齐天大圣，灵敏而轻盈。

它可能不知道，一次心潮激荡，竟然又让它上升了一个高度。

它惊喜了，它渴望更高的高度！于是它依旧飘啊，飘啊，向着自己梦想的目标。

桥头那家咖啡馆的门半开着，袅袅的香气一缕一缕散发出来，遇见了这根超凡脱俗的羽毛，竟然有种翩若惊鸿的感觉，便无限崇拜地向着羽毛缠绕上去，当这香气吻上了羽毛的唇角，就再也不忍离去，紧紧痴缠这根经受了爱的滋润的羽毛，如同花中仙子，与这缕芬芳翩翩共舞……也许它意识到，只有当一片羽毛沾染了芬芳后才会具有一种叫“灵魂”的东西。

它优雅地飘啊飘，飘啊飘。

它突然发觉自己有了一双奇特的眼睛，在它飘过的地方，它清晰地看到了河边悠闲的垂钓者，看到了临水而立结着心事的少女，它看到了孩子天真烂漫的笑脸，看到了老人脸庞无以言说的沧桑，看到了男人透过骨子映射在眼睛里的坚毅，看到了女子眉宇间渗出的柔婉，它还看到了飘拂的柳丝，绽放的花蕾，茵茵的草地，洒金的河面，闲散的游船；它也突然有了听觉，它听到了二胡的悲鸣，树木的叹息，河水的心语，它感叹人间百态的纷繁复杂。

它猛然明白，作为一片羽毛，如果真有了情感，那会是一件麻烦的事，洞悉了这些，突然间它就淡定了，没有那么多留恋了。它向下张望着——离地面不远了。

它缓慢地打着旋儿，继续它的行程。它抬头望了望，天空中那道隐隐的痕迹——那是自己走过的路！作为一根羽毛，曾经护佑过一只鸟儿！也曾无比憧憬地完成了这么一趟奔向宿命的“旅行”，最美的风景还是在路途。

它离地面越来越近，越来越近，它甚至听到有人在说：“瞧！一根羽毛！好漂亮！”

它看清了，那是一个叫诸葛玉儿的女子，一个内心永远都在流浪的女子！它在与这女子的眼睫毛相撞的一刹那，它清楚地看到：有一滴晶莹的东西在女子眼中闪烁，它的心霎时就狠狠地刺痛了一下：遇见是一种幸运，被关注才是一种幸福！

这根羽毛在扑向地面的刹那间频频回首，那么留恋，它似乎要记住这个女子，记住她眼神里的东西，记住这短暂的一晤和今后一定会有的永久牵绊。

终于，这根羽毛带着些微的遗憾，飘落到地面上，那是一片绿绿的草丛，草叶儿和自己一样轻软，还释放着草木的清香。

如此甚好！它静静地躺着，结束了一生的旅行，终于可以好好地休息了。

明天呢？它不知道，也不想知道了……

这根羽毛，终于，不——飘——了……

每一滴雨，都在认真地滑落

这扇窗子，正对着太阳落下的地方。平日里，两袖清风舞，一窗夕阳红。凭窗远眺，欣赏了多少次夕阳的壮美，享受了多少回柔风拂面的情调，也无数次让小夜曲从窗口飘进来，激发我的灵感。

玻璃很大，上面也没有遮窗的雨搭，所以只要有雨，不管大小，都可以在屋内临窗而立，观赏到雨做的一幅幅画面……

这颗雨点，落在窗玻璃上，纹丝不动，已经很久了……

看起来，它稳若泰山，安静地蛰伏着。它几乎是透明的，像一颗晶莹剔透的水晶，哦，确切地说应该是纯净的琥珀，因为雨点里似乎有一粒灰尘。

它好像在看着我，痴痴的；又好像睡着了，沉沉地；好像在思考，深深的；又好像在发呆，愣愣的。

五分钟过去了，这滴雨点似乎从梦中醒来了，闪了下惺忪的睡眼，开始慢慢往下滑。它滑得那么慢！一点点、一点点地往下滑，像一个刚学走路的婴儿一般，可爱极了，滑稽极了。

它小心翼翼地扭着身子，好像在撒娇的样子，只是动作慢极了，懒洋洋的，似乎在等着谁过来推它一把。

十分钟过去了，这滴雨点还在往下滑行，在它的周围，不知不觉增加了好几滴雨点，也像它那样，慢慢地，慢慢地向下滑。它们似乎在并驾齐驱，又似乎在比赛——看谁滑得更慢。

半个钟头的时间过去了，这滴雨点大概移动了一厘米的距离，但它仍在继续。

周围的几滴雨点，在它的感召下，正向它靠近。仿佛正在赴一场前世的约会，虽然靠近显得那么艰难，毕竟在靠近，也许它们的内心，一个热烈的场面在激励着它们——张开双臂，用整个身躯，相拥在一起！

时间仿佛凝固了，眼睛也酸酸的了。周围的雨点和这滴雨点慢慢地接近了，更接近了……哈！它们终于汇合了，激动地颤抖了一下，彼此融成了一体，变成了一滴更大的雨点，并且越变越大，分量也就加重了。不一会儿，它就变得有黄豆粒那么大了，下滑的速度也就越来越快了。

这滴大雨点，就像一枚成熟的果子，当枝头再也承受不住这份重量时，它突然从窗玻璃上快速地滑动着，最后，坠落到地上，一朵小小的“飞花碎玉”，只是一刹那间，便融入大地。

这滴结合而融汇的大水珠，艰难也是认真地走着属于它的道路，终于完成了它的生命历程，虽然缓慢，但已经历！

我笑了，人的一生，不也应该这么走过来吗？

“二胡”的倾诉

那年，一个冬日的午后，我骑车穿行于市区一些从未到过的小巷，并无目的，只是心血来潮。也许只是想要找到戴望舒笔下的雨巷，或者遇到那个结着愁怨的丁香般的女孩？

车子不经意间拐进一条四尺见宽的窄巷子，两边是青灰色的砖石。古墙的厚重和苍老吸引了我的目光，然而冬日的萧条和小巷的空寂也令我生出一丝惊惧。

正迟疑着是否前行？蓦然间，一缕袅袅的二胡声音传过来，含着浓浓的忧郁和凄凉，比阿炳的《二泉映月》更摄人魂魄。当我从一种不可言喻的意境中醒悟过来时，发现不知何时自己竟已循着旋律站在一堵矮墙的木板门外。

隔着门板缝隙望去，在一树梅花下面，在皑皑未化的积雪旁，一位花甲老人，他苍老的手指激动地在两根弦上飞舞。松香的粉末聚集在羊肠弦的周围，蛇皮与笔筒的结合，招引来马尾的秘密，在枣木的琴杆一侧，山羊的细肠绷得那样紧，使忧伤的拖腔变得沙哑了些。

我惊讶地听着：那是幽咽的河水在薄冰下流淌，还是血液汩汩于血管之中……在缠绵悱恻的起伏中，听者的心音与二胡的颤音强力地和着节拍轰鸣起来。

我忍不住推开虚掩的门走进去，小院里或坐或站着几个不同年龄的人。“二胡”沉浸在自己的倾诉中，眼里闪着混浊的泪光。

一个须髯皆白的老人说，那是一把沉默的乐器，老人很久没有碰它了。可是在这样一个雪后的日子，他拿出被冷落的二胡，他和着弦音哽咽了，最终不可抑制地抽泣起来。

梅花树上几根冰凌柱落下来，碎了一地，我的心被强烈地一揪。渐渐地，“二胡”的泪水干了，高音区的颤音渐渐滑下来，浑厚的倾诉变作默默的祈祷。

接下来，他开始用二胡诉说自己的生活，平淡的语调隐藏着沧桑、依恋、怀念和不舍……

几个老太太不由得揩拭起眼泪。

有个小伙儿却希望忧伤的二胡停下来，“拉一首《节节高》吧？”他们也许是想通过高昂欢快的调子来置换这里的凝重吧，但这声音立刻就被长者呵斥住了，他们需要感动甚至流泪。

原来，“二胡”的老婆曾是个文艺人，在特殊年代因得罪了某位位高权重之人被游街示众，善良爱面子的女人“临走”时，把几句话夹在二胡弦间：“不求同日生，不慕同日死。若是有来生，还当做夫妻。”留给他一个咿呀学语的孩子，不料儿子八岁时又因车祸永远离开了他。于是他和那把曾经喜悦的二胡一起变得终日沉默了。

他把妻儿供奉在心底，在一年一度的清明时节，他的手指必定会回到弦上。他的爱在一年的沉静中变得丰腴充实。他只能用二胡的声音怀念亲人。

这老人的心里凝聚着多么深沉厚重的爱啊！就这样独自一人走过风

雨人生。他说他老婆从没离开他半步，分分秒秒都陪伴着他。可也有人说他“魔怔”了，因为他常常自言自语。但无论怎样，他的二胡确实是远近独一无二的。人们难得听他拉二胡，但凡听到了，就会不约而同围聚过来。

“二胡”突然开朗起来，拉了一首人们从没听过的曲子。那是一段自然延伸的旋律，自地面向上升起，漫过人们的头顶，缠绕在那火红的梅花之间，向苍茫的天空扩张开去。“二胡”欢快地跳跃着音符，天色一下子明亮起来，矮墙上落的几只鸟雀，像听话的孩子，规规矩矩地侧耳听着……

那个下午，年少的我一下子懂得了：二胡倾诉着——爱的属性！

《梅花三弄》风波起

一

星子在人们不经意的时候，悄悄熟透了吧？纷纷从夜之树上跌落下来。

那颗心纤尘不染，轻轻悄悄把一扇门叩响。

“感叹红尘，自有痴情者。一番寒彻骨，梅花扑鼻香。问世间情为何物？直教人生死相许！看人间多少故事，最销魂梅花三弄。梅花一弄断人肠，梅花二弄费思量，梅花三弄风波起，云烟深处水茫茫。”

又仿佛看到梁祝二人的化蝶，双双自远处飞来，一只空灵，如月之魂；一只飘逸，似云之影。与花瓣，曼妙回旋，绣出灵动的音符。没有喧闹，没有侵扰……

在通向天堂也通向地狱的那根弦上，是谁纤手轻扬，拨响了共鸣？

是谁的一滴泪，凄婉地丈量着地狱和天堂的距离？

是谁昼夜不舍，坚守着一个古老忠贞的辞藻？

是谁将那份永恒，用这撩人心扉的柔软的乐谱，传递着人间的恒爱？

二

琴声里深深的秋凉，沿着海平面划桨过来，漾起了这潭静水……

是红楼黛玉的泪水，从春流到了秋，从秋流到了冬；是怡红院宝玉的无奈，是他怒掷通灵宝玉的耿性；是十二钗不敌世俗礼教，一个个香消玉殒。那处于高峰与低谷间的爱情啊！让一只手收割沿途的荒凉，另一只手却捧出贞洁的果实。

没有一个玫瑰色的梦，能够重新来做！也没有一片金色的记忆，肯重复一个简单的生命历程。

柔情似水的梦境，蝶儿婆娑着无法重编的舞步，似乎暗合了某种遭际，暗合了某种底蕴。

那么，问世间情为何物？直教人生死相许！为谁膜拜？为谁匍匐？

那漫天的落红，抖扇着神圣的彩翅，难道仅仅是为了捕捉一个花期？

三

也许真是现实背叛了梦境？而梦，又无奈地背叛了我们自己。有时候我们失去，却不是因为寒冷！有时没有经历过，但我们却拥有。

眯了眼，炫目的阳光，一瓣一瓣剥落，缠绵在琴弦，花枝招惹了悲哀。那爱情的寒霜，却催开了满树的红梅！

无语双飞的蝶，依然去演示过去，也演示未来。多少年来，演绎了多少真爱、大爱。那么，还有什么是让我们一伸手就可以触摸的真实？——苦难！爱情！——这在劫难逃的孪生兄妹！

哦，手指莫要流泪！不要打捞那过早凋零的花朵和流年——用灵魂留不住的，用双手，又怎能挽留？！

琴声多么孤单，随蝶儿一起，顺着一道道受伤的指纹流走吧！

梅花一弄断人肠，梅花二弄费思量，梅花三弄风波起，云烟深处水茫茫。

路过江南小镇

“日出江花红胜火，春来江水绿如蓝，能不忆江南？”一支小曲飘来，夜幕徐徐拉开……

春夜，缕缕檀香，透过平静的纱窗，携着我的梦飘过江南，那个梦幻般的小镇，散发着幽静的韵味，被我轻轻启封……

那是谁家院墙，染了一帘春色？探出头的蔷薇，是在暗暗偷笑吧？笑我这个来自北方的草原女子，原本豪放为何结着愁怨……

被诗意的江南烟雨迷惑了吧？被小桥的流水人家吸引了吧？不然如何痴痴地凝望？是否，在花海深处，也荡着一架秋千？秋千上，是否也有个女子轻施粉黛，衣袂飘然，浅漾着如花的笑脸？

王谢堂前的燕子啊，轻捷地掠过一池碧水，低低飞过晓风残月照了千年的杨柳岸。垂入河心的枝梢尖，轻轻扬扬，柔柔顺顺拂过老艄公布满皱纹的脸。

那一排排光溜溜的青石板，可曾放过当年浣纱女淡香的竹篮？那一只只古色古香的乌篷船，可否承载过当年色艺双绝的裙衩？那吱呀吱呀的摇橹声是否摇醒了江南的晨曦？那嗒嗒响起的脚步声，可是勤劳一天的妇女走在归家的途中？那个沐着夕阳渐渐远去的背影，可是我梦中的阳光少年？

桥头的栏杆，抚摸了一遍又一遍。我前世那五百次的回眸，能否换来与你今生的这一次擦肩？我的梦从塞北一路南下，飘过江南小镇，湿了一野牧曲，一船渔歌。那漫坡的花开，恣意地和春雨缠绵着，完全不顾及那个女子的艳羡。

是谁，在这霏霏细雨中扬起面颊，遥望着曾经守望的天涯？又是谁，不知不觉醉倒在这雨中的花地？

江南小镇那支横在牛背上的短笛，依旧吹着熟悉的恋曲——情感穿过千年万载，却回答不了那道最简单的命题。不知道是雨丝还是泪滴，最终，模糊了宣纸上那支写意的走笔。

脚下的青石板哟，脆脆地响着，激扬着心湖的涟漪？桃花依旧笑春风啊，古旧的门环已经惹上了铜绿；烟花三月，雨雾连绵，在泼墨的山水画里，梦从墨色深处被隐去。

今夜，我的梦从江南飘过，路过江南小镇，不经意间惹了你。

清风出袖，明月入怀

茫茫夜空中一轮皓月最能点燃我的情绪。许是儿时寄居在妗奶家里，在每个月明之夜，听了她太多的神话故事，幼小的心里对月亮就格外憧憬。加上酷爱诗词的父亲教了我很多关于月亮的诗句："月是故乡明""月上柳梢头""明月别枝惊鹊""明月几时有"……月在我心中就成了美好、纯洁的象征。

在每个有月亮的晚上，心也随之明朗起来。这样的夜晚，总能收到千里之外友人们的问候。彼时彼刻，仰望苍穹，清风出袖，明月入怀，在写作的极度疲劳里享受着友情的关爱，那感觉实在妙不可言。

忙碌的人很少有闲暇时间出来赏月，他们或忙于生意场上的拼搏，或无奈地在名利场上争斗，待到真正想赏月的时候，要么没了月亮，要么月亮不明，已失去了味道。

不少文友羡慕我的小资情调。烦琐的"孩子王"工作没有折损我的浪漫情怀，旅游、写作、练瑜伽、听音乐……简单而清静，淡泊而高雅。节假日又毫不吝啬地将自己投进大自然的氧吧，让自己与世隔绝；累了就走进咖啡厅，享受那份氤氲的缠绵的情怀。当然作为女人，走进服装店，挑几件可心的衣物，偶尔满足下女人那与生俱来的虚荣心和被人艳羡的目光，也是乐此不疲的。

虽没有富足的条件来满足小资的开销，但小资的情调谁都可以有。我有时自己都好笑，心情烦闷时居然也能够把黏糊糊的玉米糁当成醇香的咖啡来品尝。一向都是这么闲情逸趣，即便再累，也能把蜗居想象成金碧辉煌的公主殿堂，最要命的是还浮想联翩遇见了个白马王子。

前几年，我参加了南方的一个笔会，与会期间结识了几个鼎鼎有名的作家，有幸登门拜访了他们。亲眼看见了他们为文时的废寝忘食，屋里除了书籍、书桌、小床外，找不到其他生活的“奢侈品”。那份清苦与执着，实在佩服，但却让我望而却步。他们热情邀我进驻某某杂志社，我慌乱地推却——我的性格怎么容许我抛却生活中那么多的快乐元素来专门从事枯燥的看文、改文、写作呢？一来我没有那么多的耐心，没有那么高的才学，二来我的工作太琐碎，唯一放松的时候就是寒暑假，背起简单的行囊做一只流浪的小鸟，浪迹天涯，广交文友笑傲江湖。

他们听了我的辩解后，先是吃惊后是兴奋，再后就是感叹了，他们摇头笑着，嘲笑我小资的腐败，叹息我只懂欣赏山川，不懂人间世故了。而我觉得，世故懂得太多了，只会阻碍自己开心。假如总是钻研揣测人心，岂不改变了人的本性？从此失去我如皓月般的情怀？违背了我的生活原则，那是万万不能的。

前几日偶遇同学，当年曾号称文学系“四大文豪”之一的她，惊诧我至今还拥有一颗童心和一张润泽的脸庞，我则惊诧她精到老成的礼貌细节。我记得学生时代，我们并排坐在学校操场上，仰望明月吟诗拽文。而今在咖啡厅里，两个小时，她除了倾诉怀才不遇，愤世嫉俗地埋怨生不逢时、家庭琐事外，就只剩下满脸哀怨，哎！我心里发出一声轻叹，她已经未老先衰了，她的心已如死水般没有流淌的地方了。

当她简单听完我这些年的跌宕起伏，不理解我因何会如此甘于淡泊清贫的生活。她嚷嚷着："我要是你，早就活不下去了！"我淡然一笑："经历是一笔财富啊，我感激生活！"

我邀她饮酒赏月听曲，她望着夜空中的满月竟是一脸茫然，嘴里喃喃着："这有什么好看的？不当吃不当喝的，生活难道仅仅为了这？"

我无语了，人与人失之分毫，差之千里啊！

我问她生活的目标，她摇头："没有目标，只有等待。"

我告诉她我未来那么多规划后，看得出她是充满向往的，但这向往在她眼中也只是微波一闪，稍纵即逝。因为她没有弄明白哪些东西是值得为之奋斗的，哪些东西是应该舍弃的。她想要拥有整个世界，可结果，她连曾经万分钟爱的月亮也失去了。

"可怜今夜月，向何处，去悠悠？"

月满时赏月，能勾起无尽缠绵意；月缺时赏月，又能引发几多感叹。

但愿所有生活在尘世中的人们，能常常望望那一轮明月，让眼睛清净明朗。但愿君心似我心，将皓月嵌进心房，那么你就会心清若水，云淡风轻。

夜阑人寂轻扣屏

一

夜阑人寂，我常临屏叩问：在葱茂的树林，在月色的河畔，在月出东山的舟中，或在远离故乡的高铁，在他乡繁华的都市，在乡野幽静的小路……我们的心底为何时常萦绕着缥缈的情感？或思念，或伤感，或慨叹？积压得太久太多，就要宣泄——这也许就是我们能聚在文学之网的缘由！

我们各自独立又互相关联地生活在这世上，我们需要倾诉心中的悲欢离合，更需要聆听对方的坎坷心事。于是我们开始敲打真实、成熟的文字。我们希望用一种最返璞归真的声音来激扬流淌在我们心中的念想，力图在每一个时光绽放烟花般灿烂的瞬间，悄悄抵达自己或者别人心灵的彼岸。

是一捧泥香扑面而来，亲吻到大地的气息；是一朵玫瑰艳丽地绽放的馨香，触动我们温柔的心弦；是一把雨伞遮挡了世间风雨，一炉火炭温暖了冰封的心房，还是一句良言点开了迷茫的眼眸……非常庆幸，相聚文网的时刻，我们得到了我们想要得到的东西——金钱买不到的情义。

我们不是国学大师，也不是前世后代的贤者，我们仅仅需要倾诉或者聆听。我们可以比肩地站在属于我们的高地，吟咏叹颂蓝天翅翼下厚实凝重的大地，在清晨、在黄昏、在午夜，在清风、在明月……在所有心情弥漫出芬芳的时刻。

时光的丰姿在心香中献出最真挚的表达——把手伸过来，我们在文字里踏歌而行，用心聆听，以真诚的思想迎接我们炽烈的唱和，一种圣洁穿越我们祈祷的心境，于是，我们学会了尊重彼此的文字！

二

我们总希望在共同的爱好中走得更远，但结果往往不能尽善尽美。我们只好停下来——徘徊、张望、思索、突破。结果却是，爱水的智者，被水淹没；爱山的仁者，被山埋葬。如此一来，我们就有了淡淡的忧伤，像透明的水晶，在纤尘不染的文网空间，“丁零零”地响——午后的阳光、古旧的木屋、蹒跚的马车、枯黄的干草堆、青石板打磨的小街，年久失修的寺院，雪样飘舞的芦花……仿佛突然都进入了灵魂深处——让我们迫切渴望与某个谁谁，细细诉说心中的这些震撼。

但是，囹圄在车水马龙的闹市中，我们都在为生活、为柴米油盐忙碌着，无暇顾他。清风掀不起往日的信笺，邮票已躺进了博物馆；尘土和落叶，往日的片段无法一一捡拾！我们只得独坐秋风里，听一听墙根下秋虫的浅吟低唱，把玩一下手中的烟蒂或空酒杯。昔日，庄生梦蝶，而我们的思绪也恍若在那无边无际的空间遨游！

看流水落花，划伤了春花秋月；几多离恨别愁，已随帘外潺潺雨声逝去。千里江山依旧，竹影新月如初，往事皆成空；人世间多少繁华烟云，瞬间便渺渺逝去；那声声掠过郊野的凄厉雁鸣，是否刺痛了那双凝望的眼睛？

可以肯定的是——我们的孤独是真实的。我们渴望听到阳光的欢笑，我们期盼花开的声音，我们渴盼在心灵的芳草地，在澄清凌澈的水云间，有一个属于我们的心灵憩园。

三

“青鸟殷勤为探看”——谁愿放弃寻找幸福的青鸟？这样的梦，我们每个人都做过或者正在做。不知有多少人，在向它寻求心灵的支柱。

葱郁树木投下的阴影，将明亮的阳光阻挡在外，因此树下格外凉爽。却也叫人看不清自己的影子，看不清太阳的馈赠。缤纷的野花一片连一片，一朵更比一朵美。风是花的伙伴，它帮助花朵摇曳生姿，引诱一个又一个痴情的人，步入森林深处去寻找青鸟。

寻找青鸟是幸福的渊源，是快乐的种子，沿途风景皆受其恩惠，都甘愿效劳。于是，在同样的奋斗目标下，终究会有人与之错过；在追求美满结局的路途上，注定有人要退出。我们缓缓行进在充满馨香的旅途上，前方还很模糊，我们也很迷茫。未来会怎样？是一直向前，到达幸福的彼岸，还是留恋于沿途的风景，悔恨一生，我们无法预料。

原本不宽的小路分成两条支路——一条宽阔明亮，春色满园，鸟语花香；一条阴暗晦涩，冷风四起，伸手不见五指。我不管你走向哪条路，我一定会走向宽阔的大道，这里有阳光，有碧空。我踩着坚实的土地，感觉自己置身于画卷，掠过天空的飞鸟不时划出一道道弧线，镌刻着庄重的誓言！

传说不再是梦，因为已经出现。——幸福其实很简单，它如荒漠中的一泓清泉，如陌境中的遇见，如相知相爱后的回眸一笑。

你们呢，寻找到了吗？你的青鸟，你将要牵的那双手！

你将要用文字抒发出来的爱！

四

一直反感人戴着面具舞蹈！现实生活中我们已经很累，我们来到这里就要放飞自己的灵魂，让疲惫的心找到一个憩息的居所，让我们思想的田园不因流失太多养分而撂荒。

一曲乐章需要合奏，没有风铃的点缀，我们情感的荒原会失去撩人的躁动而变得苍凉一片。热爱生活！热爱生命！生命没有优劣，情义没有贵贱；鲜活的生命不一定都有爱，有爱的生命一定生机勃勃，有爱的文字才有生命！

把门敞开，让风吹进来；把心敞开，让阳光照进来！

让我们面朝夜空，叩问每一颗星子，将最美的清辉洒向彼此的心空！

坦然地，我们走近彼此，在喧嚣的红尘，在平淡的日子，让我们用文字演绎生活的喜怒哀乐，让灵魂在文字里轻舞飞扬……

翅翼姗姗剪夕晖

夕阳无限好，只是近黄昏。西边的天空被染成一片橘红，亮亮的光芒并不刺眼，浅浅的柔和，你可以尽情凝视它。

这火一样的颜色，也在诠释着冬天的信息。光影里，无数的枝条像一支支利剑，刺向天穹。好像在索求夏日里那华美的外衣，又好像在恳求夕阳，不要将一天中这最后的辉煌带走。

恰在此时，一大群飞鸟斜着身子，振动着翅翼，从光影中姗姗掠过，把个车轮似的夕阳剪破，复又重合；再剪破，再重合。

一瞬间，静止的夕阳和灵动的鸟儿，构成了一幅无与伦比的画面。看着天边这大自然的杰作，感觉每一个毛孔都在收缩，舒张；收缩，舒张……

被冬日寒冷禁锢着的细胞仿佛一下子打开了，一阵久违的痴迷，正在流向灵魂的深处。

我的教室位于教学楼西侧，与温凉河相隔十来米，有一堵一丈来高的红砖墙隔开了污浊的河水。墙边几株泡桐挺拔地立于四季晨昏。这些其貌不扬的树居然成了鸟雀们的天堂。我总喜欢在结束一天的工作之后，站在教学楼走廊上，沐浴着夕晖，观赏鸟儿们玲珑轻捷的剪影，聆听那清丽婉转的啼叫，那是种享受，有种回归自然的欣悦。

冬日，树木褪去了繁华，苍茫的天空下，一株株树木孤零零冷峭地在寒风中舞动着枝条，喑哑地和寒气私语着。这时你就翘首盼着吧，只一瞬间工夫，突然不知从何处就会飞来一群精灵，让冻结的空气顿时流畅起来，让你麻木的心渐渐融化，眼睛随剪影流转，莫名地感动起来。

观那些鸟雀，它们中只有几只是喜鹊，羽毛黑白分明，尤其是那长尾巴一翘一翘。也有一小群麻雀吧，体型很小巧。但大部分鸟儿是叫不出名字的，它们的体型大小介于麻雀和喜鹊之间，浅黑色的羽毛在夕晖下还隐隐泛着绿光，腹部的羽毛浅褐色，尖尖的小嘴，叫声不是“喳喳”的。往往当你要细细端详时，它们就会“倏儿”的一下飞走了，振动翅羽的声音划破空气。当你眼睛再去搜寻它们的身影时，它们已经在对岸的几棵高过六层楼宇的白杨树上了。

我不由笑了，这些鸟雀们是有灵性的，它们或许看出了我眼中的“贪婪”，所以便羞涩、调皮地躲开去；它们也许更明白，留点遗憾给那个爱它们的人，会收获更多牵念。也确实如此，我总是利用一切时间去追逐它们的身影，甚至有了想买架望远镜的欲望。

想起平时，在我们上自习课时，它们会安静地落在红砖墙头上，一字排开，或交颈缠绵，或傲然独立，或河畔追逐，或你挤我撞，或嬉戏啁啾……这场景总会让人痴望、遐想。于是就会有学生在我发呆时好奇地询问，才把我跑到另一国度的那颗心拽回来。

有时，它们中间几只调皮的，会悄无声息地落在宽阔的走廊上，小心翼翼地挪动小爪子，探头探脑地向教室里张望，小脑袋上那双黑珍珠似的眼睛滴溜溜地转动，让你忍不住心生爱怜，可是只要你稍稍移动脚步，它们便“唰”地飞走了，多机灵的小家伙们！

正因为有了它们，我的课间十分钟才变得有情趣了。春日里，看它们在绿叶间钻来钻去；暮春时，紫薇薇的泡桐花繁茂地盛开了，它们就在花丛里撒欢地乱撞，撞下一地小喇叭；秋天，它们结伴从树梢飞上晴空，天高云淡哦，碧空镶着它们俏丽的身影，不由吟起“晴空一鹤排云上，便引诗情到碧霄”的佳句；冬日，它们给冷酷的天地以勃勃生机。

我知道河畔树上的那些鸟窝是它们的家，能在如此繁华的都市寻觅到一角天空给自己筑巢，实属难得。如今，温凉河经过改造，清澈了许多，河边种了许多花木，对得起这群小生灵们啦。

总想对它们说：感谢你们，丰富了我的视野，触动了我内心深处那根柔软的弦；脑海也总是默默地浮现出它们忽飞忽落剪破夕晖的身影，回味那一段美好时光……我渴望那样相处的日子会再久长一些。

走在深秋的夜里

不知不觉，中原已到深秋，天高云淡雁南飞，秋叶花朵竞媲美。没有所谓的萧瑟和凄凉，这个季节的大地五彩缤纷，热烈奔放，秋有了更极致的神采和风韵。

在这桂香缠绵的深秋，赏秋菊竞芳，观秋叶斑斓，是种极大的享受。而走在深秋的夜里，尤其在月夜，清朗的月光透过错落有致、稀稀疏疏的枝叶，在地上洒满斑驳迷离的光斑，清凉的风穿过柳枝映出婀娜多姿的舞影，霓虹灯流光溢彩，在河岸，在河面，摇曳出别样的风景，如幻如梦，那感觉更是无以言表。

深秋的夜，思绪飞扬。思想时而凝固，时而徘徊，时而神往，脑海中美妙的词句便也随意驰骋。捕捉那瞬息而逝的灵感，凝聚那滋润文采的玉露，披着月色独立，恍然明白了那份孤独之美；“花前得句诗亦香”，顿悟了众人皆无我独有的欣喜！守候秋夜的冷清，让我的孤傲与你隔空拥抱；独享秋夜的神韵，让我的追思与你纵横交融。曾经为守护文学这盏孤灯，执拗地在自己的世界中摸爬滚打……惆怅迷惘过，愤恨沮丧过，期盼渴望过，但我倔强地坚持着，始终为探索你深邃的真谛而矢志不渝。

深秋的夜，滋长思念。你不在的日子，我心里堆满了思念。思绪蔓延，夹杂着月色的氤氲，柔柔地滴进我的梦乡，润泽那一寸思念的梦土，让牵挂生根、发芽、蓬勃生长。凉风无声，秋水缄默，寒星寥落，皎月凝神。对你那绵绵的思念，在徐徐远逝的风中无奈地摇曳，最后碎成一地惆怅，留下一声长叹。那些被时间沉积的印记，风干成了往事。忽然想起那首歌："你见，或者不见我，我就在那里，不悲不喜；你念，或者不念我，情就在那里，不来不去；你爱，或者不爱我，爱就在那里，不增不减……"梦里只有清风疏竹相伴，真想解一缕思念的长绳，打开冗长的时光隧道，让那流转的岁月一幕幕重现，这样便可以重回那个梦幻的蝶园。

深秋的夜，明月相伴。那个玉盘，静静地挂在深蓝的夜空中，月上一片亮，一片暗，沟回起伏，重峦叠嶂，比纯粹单一的白亮更有韵味。目光游弋夜空，才发现在远离明月的夜空中还有数不尽的星星。它们像熠熠闪烁的钻石，或放射着耀眼的金辉，或透露出微微的白光，或疏散在八方，或密集于一簇，天空被它们点缀得既玲珑又壮观。月光下河水泛着银光，清澈舒缓。月亮亲昵地漂浮在水面上，微微颤动，本是圆圆的玉盘，随着波动，成了椭圆，一瞬间边缘又变作齿状的，分明是月下女子在碧水里沐浴，越淘越亮——水中月更比空中的可爱——多了一层水润润的湿度和温婉。岸边，月光涂抹在花叶上，花叶立刻彰显了神采，像在牛乳中洗过一样，笼着薄薄一层轻纱。月光透过树隙照下来，林木稀疏的倩影轻盈地袅娜着，光与影有着和谐的交融，如小提琴奏着的名曲，又似只用墨色渲染的水墨画，浓淡相宜。

深秋的夜，暗香浮动。路灯下，菊花大大方方舒展着花瓣，红的、黄的、粉的、白的，映着月光，更显得清雅脱俗。夜风吹过，花香四溢，在静悄悄的夜色中集结、汇合、交融，浑然一体，凑成秋夜的味道，慢慢弥散开来。不远处是一片正在凋零的荷塘，有薄薄的青雾浮起，隐隐有荷叶的清香。荷塘的四围，远远近近，高高低低、粗粗细细都是树，将这片荷塘重重围住；只在小路一旁，露着几段空隙，像是特为月光置下的留白。树色一例是灰黑的，乍看像一团烟雾；但杨柳的丰姿，便是在烟雾里也辨得出。"寒塘渡鹤影，冷月葬花魂"，此句正应了此景。

深秋的夜，蝉鸣悠扬。移步前行，静谧中竟然传来秋蝉的鸣叫，悠扬肆意，恰好一阵清风拂面，裹着草木之香，浓郁、热烈。其实很多时候，何必计较今夜的月亮是否盈缺，哪怕只是一道柳眉，一钩雪镰，一弯小船，耐心等待，虔诚期许，终会在不知不觉间等到半圆，等到"小肚"微凸，等到似圆非圆，等到一轮皓月悬天……等待，本身就是一种美。若是能换一种心态，看月儿再由圆变回柳眉，置换心境，怡情养性，在缺憾中领略另一种形式的美，如此交替，岂不妙哉！

深秋的夜，启封记忆。品味着淡淡的甘苦，那洁净的芬芳，朴素的雅致，寻觅到一种对人生的感悟。犹记儿时，常在月光满地的夜晚，依偎在老婆婆身边，听她绘声绘色讲《嫦娥奔月》的神话故事；也曾在七夕之夜，躲在葡萄架下，忍着蚊虫叮咬，想要听到牛郎织女的情话；特别是在雪亮的月光下，玩"捉迷藏""嫁新娘""桃秆叶呼啦啦"等游戏，那是快乐的日子！偶尔发现"我走月亮走"的神奇，就傻乎乎从村东头走到村西头，来来回回多少趟记不得了，只记得月亮跟我很近，亲切地抚摸着我小小的脸蛋儿，把满腔的柔情化作银色的话语，无声地响在我耳畔……也许就是这些倾诉，这比油灯要亮百倍千倍的光芒，逐渐成了我的向往。

深秋的夜，氤氲情愫。总是呆望着秋月，发现她不仅仅是纯白的色彩，还蜡染着思念的蓝，牵挂的粉，忧伤的紫——月光应该也是由七种颜色组成的吧！月里隐藏着多少离人的泪，亲人的念。月亮照着大地，就是一份真情的告白，纯美无瑕，悲喜参半；她挥洒着一串串徜徉心海的祝福，诚挚坦荡、平和温馨。“寂寞嫦娥舒广袖”，月亮上因为住了孤独寂寞的嫦娥，自然就成了“孤单的化身”。然而她只是用一分温柔，三分情思，五分浪漫，七分执着，就征服了古往今来多少桀骜不驯的情男痴女，演绎出多少凄婉绝美的爱情故事。

深秋的夜，适合酝酿。月光轻轻抚摸着大地上的一切，那么和谐，那样宁静。天地间，只剩下一轮月，几颗星，一个我，一串梦！没有一点杂尘。月色皎洁，就像祖母慈祥的手，轻轻滑过沾满灰尘染尽风霜的眸子，轻唤着：“孩子，该回家了！”对于一个起早摸黑在城市里忙碌的人，只有在夜里，那盏等着我归去的窗灯，那桌等着我的饭菜，孩子单纯的笑脸，才能让人拥有幸福的家的感觉。

从事教育工作多年，时时绷紧着神经为学校的各种事务劳碌着，不惜命地狠着劲儿挥洒满腔热情，晚上又不忍心扔掉对文字的钟爱，怎样把自己的见闻感知变成一段段文字？于是就和夜私订了终身。夜就像一个澄澈的湖泊，总让人的心境变得沉静，归于平和，沉淀情感。有了夜的陪伴，才发现思维格外严谨，键盘打出的文字格外流畅，有时感觉自己就像胸有成竹的雕刻家，能将一大堆题材快刀斩乱麻，该削去什么情节，该渲染什么氛围，一目了然，从而行笔如风，洋洋洒洒。

深秋的夜，诗意浪漫。宁和、睿智、真实、梦幻、神秘。习惯了在一天的劳顿之后，在静静的夜色里，独享月色，有时是在写作，有时听一段古典的音乐，无论在做什么，我都是充实而安然，这无边的夜，接纳着我所有的缺点，又慰藉着我的心灵，放纵着我的思绪……

抬头望，圆月依窗斜照，暖暖地望着我。

深秋的夜，汹涌凋谢。记得有次散步，起了好大的风！千树万树狂摇曳，无边落木萧萧下，禁不住感叹那景况——汹涌的凋谢！行走间突然被重重飘落在头上的东西吓了一跳，摸着的是一片带湿的、薄薄凉凉的树叶，金黄的色彩，还带着深秋的气息呢！落叶，你为何心急火燎地匆忙飘落？你为何不高高在上地尽享金秋的时光，释放一下整个夏日里的倦意？你是否感到你已完成了自然赋予你的使命？ 站在深秋的夜里，黄叶在凋谢，思绪在翱翔。一片片落叶划着优美的弧线，飘向大地，散尽繁华，独留一树萧条，为的是来年能够厚积薄发，再度辉煌。它们把自己的生命以另外一种生存的形态，在下一个轮回中复活，让生动的色彩重新茂盛凋零的枝头，从而成为一种永恒。

走在深秋的夜里，我如此静默，甚至听见自己的心跳，平静却又清晰。再回首，多少个美丽时光，那些生机勃发的日子，有多少感动存于心底，细数点滴的快乐和痛苦，都是铭心刻骨的记忆。岁月蹉跎，光阴无情，我追逐日出日落、星月晨昏，才感觉到时光如白驹过隙！那种思绪，不管你逃到哪里，它依然会缠住你；那种情怀，不管你置身何地，它总如影随形，挥之不去；日子的碾痕已经深深铭刻于心，融入血液，汇成一体，无法回避！

走在深秋的夜里，我寻找曾经留下足迹的地方，突然豁达，刹那间领悟到，自己应该赋予秋季最真、最纯、最韧的情感，当某些美好的东西从身边溜走时，不要难过，或许不经意间就可以收获更多的色彩。

民艺一绝——南阳烙画

河南南阳是历史文化名城，底蕴深厚。南阳有“三宝”——烙画、玉雕、《出师表》，“烙画”位居其首，蜚声海内外。

我最初接触烙画，缘于一只葫芦。那是童年时期，三月三上独山赶庙会时，母亲买给我的。在小巧精致的葫芦上，画着两个胖乎乎的燃放爆竹的福娃娃，眉开眼笑，憨态可掬，一看便爱不释手。当年特地种了葫芦，想要在上面画画，才知一般笔是画不上去的。母亲告诉我上面的画是南阳一绝——烙画。

小时候就听过一个民间传说：西汉末年，南阳城里有个叫李文的工匠，为人忠厚，心地善良，是远近闻名的烙画能手。无论是尺子、筷子，还是手杖、扇坠，经他一烙烫，各式各样的人物、山水、花鸟等便活色生香，精美绝伦，巧夺天工，人称“李烙花”。方圆百里人皆尽知，知名度颇高。“王莽撵刘秀”时，李文曾救过刘秀，并送他一只烙花葫芦作盘缠。刘秀不胜感激，此后历经千辛万苦，都不曾将那只烙花葫芦卖掉。刘秀称帝后，不忘李烙花的救命之恩，查访后即宣进京，赐银千两，加封“烙画王”，并把南阳烙画列为贡品，供宫廷御用。从此，南阳烙画便蓬勃发展起来，名扬四海。但随着时光流逝，朝代更迭，战乱灾荒，烙画艺术曾几度受到摧残，但“烙画王”的故事却流传至今。

我家一直使用冬青木烙花筷子。冬青树是一种四季常青的灌木，亦称“女贞”。木质细腻，颜色纯正，清香味甜，有滋阴补肾、乌发明目之功效。筷子上方是手工烙绘出的图案，有万象百态的人物、形形色色的花鸟、峰峦叠嶂的山水……画面可谓精美之至。

真正对烙画产生浓厚兴趣，则是成年后，我接触到一个烙画师，欣赏了他众多的作品后，又去参观了他们的烙画厂，叹赏中好奇地追根溯源，才走进了这个奇妙的烙画世界。

烙画，亦称烙花、烫花、火笔画、“火针刺绣”。它是利用碳化原理，通过控温技巧，用温度在三百摄氏度至八百摄氏度的铁笔烙烫。

百闻不如一见。一次偶然的机会，我亲自观看了烙画师们制作的过程。他们先在板材上用铅笔设计好图样，然后用较细的烙笔勾烙上线条，并擦掉铅笔的痕迹。最后是上色，遵循一定顺序，根据作品需要，有的不施任何颜料，只用白描技法勾勒线条，用西画素描的黑、白、灰来烘色；有的以烙为主，套彩为辅，在竹木、宣纸或丝绢等材质上勾画烘烫作画。看他们的作品，或敦厚庄重，或轻灵清新，令人叹为观止。

我随几位友人走进了烙画展厅，真是琳琅满目，令人目不暇接。我在一幅经典的宣纸烙画——《金陵十二钗》前驻足观赏：古典名著《红楼梦》中的十二裙钗姿态袅娜，神情不一，色彩的过渡，深浅的搭配，不同技法的混合运用，或略施淡彩，清新淡雅；或重彩填色，浓艳夺目，真是浑然天成，匠心独具，令人赞不绝口。而另一幅《红楼十二钗》，尽管人物相同，但因在不同的材料上烙制，却有不同的韵味，竹木上烙制的“十二钗”虽少了些许妩媚，但多了几分豪爽；而丝绢上的“十二钗”，虽少了几分豪气，却增添了许多富贵风韵。

欣赏这些精美的作品，心灵忽然被一种强烈的美感撞击着，它们或线条流畅，如行云流水；或凝色浑实，敦厚拙朴；或色调清爽，云淡风轻；或虚实相映，层次明晰……体现一种强烈的艺术效果。恍惚间，我的眼前出现了一条条南阳烙画的艺术长廊，它们越过眼前，穿越历史，回到了千年以前的汉代。

是啊！家乡人民在用他们的智慧、妙思、巧手谱写、延续着这些精美的艺术！这是一条生命的河流，一条情感的长河，它浸润着我们民族的精气神，浸润着我们民族的魂魄。在家乡人民的努力和传承下，我相信它必将走向世界，走向未来，走向更广阔的天地。

麦秸情

中原乃至北方大地，有村庄的地方就有麦秸的身影。

端午节的粽子吃罢，麦黄时节便款款到来。蔚蓝蔚蓝的天空飘着几缕淡若游丝的白云，艳艳灼灼的太阳悬挂于中天，挥洒着热情的光焰，炙烤着一望无际的麦田。田野里，金色的麦浪起伏翻滚，笑语欢颜，天地间一派明媚辉煌的麦收景象，大大小小的打麦场沸腾起来。

不久，村口路边，房前屋后，不知不觉间麦秸的大军就威武地组建起来了。高高矮矮小山一般，金灿灿、闪亮亮似乎还沾着清晨的湿气，散发着浓浓的麦香。映照着乡人古铜色的笑脸，以至于整个村庄都弥漫着浓得化不开的喜悦。

当麦秸与它倾尽毕生精力孕育的麦穗分离后，便沉默了……不再，在三月的春风里尽情舒展嫩绿的身姿跳轻盈的舞蹈；不再，在四月的田野中摩挲着施肥喷药薅草的乡亲的泥腿做青春的梦；不再，在茂盛的日子里看孩子们在麦地里打滚挖野菜；不再，在五月的风吹过之后，举着沉甸甸的果实沙沙作响。

麦秸沉默的身影，却唤起了我多少温馨的乡村记忆啊。

打麦场上，麦秸被木杈高高地举起来，立成一个个麦秸垛，和袅袅炊烟一道成了乡村的标志。于是，往后的日子里，麦秸便不再寂寞。它的身边聚集了做针线、拉家常的农妇，聚集了手揣在袖管里懒洋洋晒太阳的老汉，聚集了一群永远也不知疲倦疯狂打闹的孩童……从早到晚，欢声笑语，鸡鸣犬吠，好不热闹啊！

对于孩子们来说，那些圆顶的麦秸垛就是一座座童话王国呀！那里面有多少根富有弹性的麦秸秆，就有多少个让人怀念的故事。

乡村的孩子对麦秸垛有着深深的依恋。月亮高悬的夜晚，在麦秸垛里玩“藏老木”的游戏，大家可是乐此不疲……“藏老木”就是捉迷藏，需要几个人一起玩儿，一个人先蒙上眼睛站着不动，其他几人手忙脚乱地藏好，也许藏到麦秸垛后，也许藏到麦秸垛上，也许会在麦秸垛里掏一个洞钻进去再用麦秸秆盖上，然后，喊一声“开始！”蒙着眼睛的就开始寻找那些藏匿者们，找到了，一把抓住，然后会接着被蒙上眼睛再去寻找其他的藏匿者。也玩“桃秆叶呼啦啦”的游戏，两拨人马亮开嗓门喊：“桃秆叶，呼啦啦，你的人马叫俺抓……”可着劲儿地唱着歌谣进行，那声音半个村子都听得到，我常常是正吃着饭就被这声音吸引了，丢下饭碗迫不及待地加入游戏。

麦秸哟，你有时会化作农妇灶下熊熊的火焰，化作烤地瓜和煮玉米糁的温暖，一起涌进我们的身体；你有时会在寒冷的雪夜被农夫温暖的大手抱进马厩，你的清香味道会被那些站在槽头的红马、白羊和黄牛慢慢咀嚼，像老人回忆往事一样慢慢反刍。你最了解老牛的孤寂和辛苦了！夏日的树荫下，简陋的牛棚里，耕地的空闲时，你总会抽空在老牛的唇齿边和老牛絮絮叨叨。是絮叨乡间的疾苦？絮叨吹笛的牧童骑在牛背上的欢乐？絮叨春日里吃新草的惬意？还是絮叨牛鞭子抽在身上的疼痛？为什么絮叨着，老牛的眼角就滚出两行热泪？这些只有你知道吧。

白发苍苍、慈眉善目的邻居二奶经常坐在一个蒲团上，一边用麦秸编着草帽，一边给我们几个疯野累了的孩子讲《八百老虎闹北京》《门闩、门鼻、刷子疙瘩耒臼锤儿》《牛郎织女》的故事……这古老的故事里浸润着朴素的乡情，潜移默化流进了村童成长的血液中。

一只芦花鸡在麦秸铺成的窝窝里产下了一只带有余温的鸡蛋，嘻嘻，赶走鸡子，把鸡蛋一头敲开个洞，聚拢嘴唇靠近小洞洞，嘬出里面的蛋清蛋黄，尽管有些腥味——谁会去嫌弃？“吃生蛋能长力气”——三姥爷这么说的！

栓旺叔最喜欢倚着麦秸垛吹奏唢呐，一腔腔，一调调，呜里哇啦，那么好听！最喜欢听《百鸟朝凤》，特别是模仿鸟叫，简直出神入化……好几次央求想吹一吹，只可惜头都吹晕乎乎了，也吹不出声儿来，只好作罢！

住在另一个村子的表叔，麦收后总会到我家来帮忙。给爷爷住的草房子续续麦秸草，免得屋子漏雨；给鸡窝鸭架上面也铺一层麦秸；床垫子也要重新做，表叔就麻利地摘下门板立起来，两边垂下系着绳子的砖头，我就负责传递麦秸秆儿。

一天工夫，垫子做好了，晚上睡在新编的垫子上，松软而厚实，连梦都温暖啊！

家住张营的妗奶最擅长腌制咸蛋，用麦秸烧成的草木灰裹上盐进行腌制，腌出的蛋黄都流油，像小太阳一般油亮亮的，常常是剥开蛋，只取蛋黄解馋，把咸咸的蛋白都留给母亲吃……

最喜欢跟爷爷去田里，看他用麦秸扎出草人吓唬偷嘴的鸟雀。草人很逼真，还戴了一顶破草帽，披一件破破烂烂的上衣，最后草人手里插上一根棍子，棍子顶端拴一根红布条或者塑料袋儿，做出随时赶鸟的动作……不知道鸟雀们是不是真的害怕，到地里偷嘴的确实少了。

麦秸有时也会被热情的大手轻轻抱起，均匀地铺在床板上。从此，每个夜晚，麦秸一边温暖着乡人们结实的身子，一边听着梦呓和春种秋收稼穑之事；一边听着家长里短，一边也听农妇的私语和情话，听着听着，也许会猛地想起自己抽穗扬花时期渴盼被风抚弄的冲动。

在村口，又有一把火烧痛了麦秸……阴沉沉的天空中飘浮着哀哀的锣鼓唢呐声和噼里啪啦的鞭炮声，你知道，又一位和你长期厮守田园的乡亲去了。“洛阳北门北邙外，丧车辚辚入秋草”，人生一世，草木一秋，想着庄稼人质朴辛劳的一生，你不禁泪流满面。

大自然的生生死死生命轮回，大自然的博大襟怀让你总是如期而至，如期而归，周而复始，演绎人间的离合悲欢。

如今，虽然麦秸淡出了我的生活，但在城市店铺的艺术品里，又惊讶地看到了麦秸的身影——麦秸画。你竟然以廉价之身创造了不朽的艺术品！甚至姑娘们也戴上了由麦秸做成的帽子。

麦秸的一辈子，生得平淡，活得充实，从乡村到城市，物尽其用，带给人们的是不竭的财富！

我这一辈子，都不会忘记麦秸曾给我并仍将继续给我的贴心的温暖和浓浓的乡情！

第四辑　预约白发的浪漫

季节在变，追梦的心不变；季节里的容颜在变，却永远是用心刻画的模样：任时光蹉跎，在繁华里修炼。我用我活力四射的青春来积累硕果，我用我丰满的阅历预约白发的浪漫：

一位暮年的老人，

一张旧了的藤椅，

一轮火红的落日，

一曲低缓的音乐，

一杯馨香的清茶，

一架待弹的古筝，

一幅完稿的山水画，

一册文字里的依恋……

这是我能想到的白发时最浪漫的事！

预约白发的浪漫

工作间隙，精疲力竭，和同事们闲聊：

“咱这工作，虽然风不刮雨不淋，但很烦琐。”一行不知一行苦。

“这一天忙下来，到家就累得躺沙发上不想动了。”深有同感。

“咱们和学生打交道的时间比和自己家里人都长。”的确如此。

“睡前看手机，手机掉到脸上，砸醒我了……”哈哈，都被砸过。

“咱这工作哪有闲余时间去浪漫啊！”实在遗憾。

“既然如此，何不预约白发的浪漫？”这提议甚好。

“白发苍苍时，我得扑下身子培养孙子。”此人贤妻良母，到老都不舍得为自己活一把。

“我白发映朝阳，游遍名山大川。”此人诗情画意哦！

“我打麻将去……”话没说完，引来一阵哄笑。

“纯粹在浪费生命！”

“小心诱发你的职业病——颈椎疼！”

谈笑中，忽然记起毕淑敏说过的话：“我用时间的树枝搭起了这个文字的喜鹊窝，喜鹊本是单调的凡鸟，只有黑白两色，全无时尚的外观。它的窝也是粗糙而朴素的，甚至有点边设计边施工的乱七八糟。不过，我在这个窝中垫入了一缕缕羽毛，它们来自我沧桑的岁月和温热的心房。”

初见这句话便喜欢得不得了，一遍遍地读着，这何尝不是我之所想所做？一直在文字中颠簸，却也一直未曾真的腾出时间用心去修饰那些钟爱的文字，任凭它们在我轻浅的心事里自由绽放，不求它们如牡丹一样雍容华贵，亦不奢望它们若玫瑰般浓烈娇艳，就这么随心随性地去堆砌成我心中的淡淡茉莉香。任它们在我诗意的岁月里洒脱奔放，沾染我一季一季芬芳的心事，携带着我一点一点的喜乐情怀，如此，便好！

我们总喜欢用镜头试图去定格一些生活中的美好事物，铺陈开一行一行的文字也总想留住些什么。相片难免会泛黄而失去最初的色调，然而文字却是永不褪色的记忆。一直自嘲是一个平凡无奇的女子，几十年岁月走过，当摊开瘦小的手掌时才发现握着的不过寥寥无几。大把大把的时光，我不能挽留；挽留不住时，就告诫自己多干活，少睡觉——睡觉实在是对时间的轻视；但是白天的工作真的累人，每天忙完一切都已经晚上十点了，舍不得睡啊！起码让自己在文字的海洋里遨游一两个小时吧！我害怕仅有的记忆一并被时间的洪荒之力所掩埋，必须笔耕不辍，只为了留住几许人生将要变淡的色彩。我害怕白发苍苍的时候，一无所成，再去追悔莫及。那一片片的苍白会将我刺痛，那满脸皱纹的荒凉会将我吞没。

我，永远渴望被温暖层层包围，纵是记忆的温暖。因此现在的努力，就是为了积累白发时的浪漫。想一下，当芳华流逝，翻阅着年少的清纯，咀嚼着风花雪月的柔美，是不是嘴角会轻轻浮起一丝浅笑？我笑容慈祥，任思绪在过往的一段段征程里游走着，那情那景会是怎样的感受？虽然白发时与青壮年毕竟隔了一段时光，但那是隔着厚厚的沧桑啊！当你沐浴着夕阳的光辉，让那颗素简的心再次沦陷在年轻的光阴里，是否会如早春三月的青青芽儿一般有种生命的萌动？

白发时我将静静地回忆：年轻时曾经意气风发，面带微笑地踱步在三尺讲台，意气风发地侃侃而谈；几个志趣相投的同事，凑在一起探讨教材：“你的教法让我茅塞顿开啊！”甚至一起去踏青，一起去KTV唱歌……那会是怎样的一种浪漫？

也许只有滤尽了人间风雨的洗礼，方能感悟，年少时，总有太多值得珍惜的东西却不懂珍惜；年老了，总有太多想珍惜的东西却失去了珍惜的机会。人这一生总是在匆匆地赶路，总是忽略了身边太多美丽的景致，而掬一捧无尘的清梦在似水流年里璀璨，倒是这一生的奢侈了。我庆幸自己手中握着一支笔，可以尽情地漫游于这四季，涂抹着自己喜欢的画风，甚至小资一下也未尝不可。

我们可以让这个春天变得细雨霏霏，缠绵悱恻；也可以用料峭的二月风将岁月裁剪成黄绿眉眼柔柳的模样，品尝一种尖锐的刺痛。我们可以将夏天刻画得风情万种，姹紫嫣红；也可以用滂沱的大雨摧残掉那些努力伸张的美丽，那是怎样动容的惨痛？我们可以将秋天临摹得硕果累累，喜不胜收；也可以用层层的落叶为它堆砌成冢，让忧伤重压得让人窒息。我们可以将冬天写意得纯白圣洁，千姿百态；也可以用蚀骨的寒风将梦打碎，溅落一地的残片，满脸的狰狞……那可全凭手中一支生花妙笔，随心随性地挥洒出洋洋千言万语。

季节在变，追梦的心不变；季节里的容颜在变，却永远是用心刻画的模样，张张皆用一颗火热的心去诠释，张张全是岁月遗留的珍藏。任时光蹉跎，在繁华里修炼，我用我活力四射的青春来积累硕果，我用我丰满的阅历预约白发的浪漫：

一位暮年的老人，

一张旧了的藤椅，
一轮火红的落日，
一曲低缓的音乐，
一杯馨香的清茶，
一架待弹的古筝，
一幅完稿的山水画，
一册文字里的依恋……

这是我能想到的白发时最浪漫的事！

杯酒情怀

有人说酒能使人意气风发，勇往直前；有人说酒能让人含悲怀忧，伤彻心肝；也有人说酒色相近，伤风败俗，莫此为甚；更有人说酒是穿肠毒药，冷酒伤肝，热酒伤肺，瘾君子接曰："不饮伤心。"我却认为"花落一杯酒，月明千里心"，那是一种诗意，唯有饮者自知！

马背上的民族孕育出的草原儿女，血管里流淌着一腔豪情，三分洒脱，五分细腻，十分真诚，这性情当然少不了酒的滋养。

我爱酒，视酒为生命的一部分，个中滋味，容我道来。

酒是快乐的催化剂。"愿君把酒休惆怅，四海由来皆兄弟"；"人生得意须尽欢，莫使金樽空对月"；人逢喜事，知己相遇，畅饮千杯亦不醉。

酒是伤痛的导火索。"情多最恨花无语，愁破方知酒有权"；酒入愁肠，离人泪相望，酒不醉人人自醉。

酒是灵感的地下河。"酒肠宽似海，诗胆大于天"；"腹中书万卷，身外酒千杯"；"悲欢聚散一杯酒，南北东西万里程"；斗酒诗百篇，古往今来，多少文人雅士，在对酒当歌时留下了千古佳句。

千百年来传承的酒文化，更让人感到酒的奇妙——儿时父亲给我讲过一个“酒故事”，至今记忆犹新。

故事大概是这么说的：相传酒的祖师爷在酒将酿成之际，一位仙人指点他，天亮之前，在酒里加入三个人的三滴血，定可酿出人间佳酿。祖师爷于是站在路口等人。第一个走来的是个翩翩文人，第二个走来的是个威猛武士，都给了他一滴血。可是快天亮了，还是没有等到第三个人。祖师爷焦急万分时，突然看到一个乞丐，也只好说明来由并取了其人一滴血。酒酿成了，果然芳香绵醇，人人争而饮之。说也奇怪，由于“三滴血”的作用，喝酒之人一般都会经历这三个阶段：刚喝酒时温文尔雅，风度潇洒，像文人；喝到一半就高声大嗓，猜拳行令，像武士；喝到最后就软如酥泥，倒地不起，像邋遢的乞丐，不成体统了。

儿时少量饮酒，源于家境贫寒：冬天天冷，父亲会让我们晚上睡前饮一杯白酒，那股子辛辣的液体顺着喉管滑到胃里，热辣辣地晕上头顶，然后热乎乎入眠。那时候父亲受人陷害，事业受阻，常常半根萝卜一壶酒，置“功名万里外”，遣“心事一杯中”……我们不讨厌父亲饮酒，是因为酒后的父亲会充分展示他的“三活”绝技——活字典、活历史、活地图，我们姊妹四个便围在父亲身边，津津有味地听他谈天说地。而每当此时，他也眉飞色舞，声情并茂，还带有动作，听得我们如痴如醉……“玉儿，再给爸爸打二两酒去！”父亲的吩咐我自是乐意去办。

可惜父亲英年早逝，母亲含辛茹苦养育我们姊妹四个。生活的重担、人情的冷漠，让她一度借酒释压。只是母亲酒后，总是摸摸我们几个的头，低声喃喃着：“我一定要把孩子养大成人，不管受多大罪。”——酒成了母亲挑战生活的动力。

记得我考上学的那年正月十五，是母亲生日，我们欢天喜地为她准备了一桌饭菜，母亲说“无酒不成宴”，提议“烹羊宰牛且为乐，会须一饮三百杯”，以此庆贺双喜临门。我们一家人行酒令、对诗词、猜枚、押宝、明七暗七……最后都喝多了，母亲居然在我们儿女面前一改往日严肃矜持的样子，扭起了大秧歌，还蹿到我们跟前抓耳挠腮扮孙悟空，句句跑调地唱了好几首歌，逗得我们全部笑翻在地……

母亲难得如此，酒，助兴也！

青春时代，风华正茂，每次与朋友聚餐，必是“酒歌伴我度今宵，直待晨晖映玉杯”“兰陵美酒郁金香，玉碗盛来琥珀光”。那份豪情不言而喻。

豆蔻年华，青春岁月，我喜欢上了诗词的淡淡情愁，沉浸在“三杯两盏淡酒，怎敌他，晚来风急”的意境中，以致“酒浓春入梦，窗破月寻人”。“把酒问青天，明月几时有”……酒不多饮，三杯两盏，独斟自饮，揣摩心事奈如何，可以说“酒”是我的伴儿。

记忆中醉过两次：一次是参加贵州“茅台杯”笔会，在众多文友的撺掇和激将下，我代表北方女子，喝下了一瓶茅台酒，香醇绵久，醉到了第二天日上三竿。还有一次是同事聚会，喝到头重脚轻，强撑到住家附近，赶紧给老公打电话报告位置，见到他后立刻瘫软，据说老公把我像扛麻袋似的往肩上一搭，扛回去了。虽说没出什么洋相，但自此便注意节制了。

人到中年，内涵修养让人变得沉稳了，饮酒时不再豪饮，而是注重品味，更有讲究。樱唇轻启，纤指慢扬，那份成熟的优雅，岂是男人能比？酒逢知己，邀明月为伴，推杯举盏，浅饮小酌。清风送爽意，酒香入心扉。推心置腹诉心曲，开诚布公肝胆照，摒却人间烦心事，岂不优哉快哉？

我庆幸在最美的年华爱上了红酒！欣欣然从菜市场购回可装百斤的陶瓷酒坛子，到葡萄园选葡萄，然后按照葡萄酒的制作工序加工制作，足足费时一天，这一天又累又兴奋：洗净晾干，抓碎撒糖（100 斤葡萄加 25 斤白糖，还可以加入冰糖或者蜂蜜、红糖适量），装坛密封发酵……差不多半月时间，就可以喝到自制的红酒——那是种骄傲的幸福！

秋凉渐近，散步归来，一杯红葡萄酒，一边品味，一边和文友聊天，说说工作，谈谈琐事，柴米油盐，人情世故……虽平淡如水，却亲近自然；朋友来家，总会奉上我自酿的红酒，供其品尝，最喜欢看他们脸上陶陶然的神情；更多的时候是独自斟上一杯，沉醉在中国旷世奇美的文字当中。

“一樽别酒苦匆匆，还似陇头流水，各西东”——这是感慨！

“花落一杯酒，月明千里心”——这是纯净！

“遥知天涯一樽酒，能忆天涯万里人”——这是思念！

“莫思身外无穷事，且尽生前有限杯”——这是坦然！

“诗万首，酒千觞，几曾着眼看侯王”——这是清傲！

“三杯和万事，一醉解千愁”——这是心态！

葡萄美酒哟，酡红清澈，甘甜不腻，醇厚香冽，映照着如花的笑靥；葡萄美酒哟，如我的情人，轻抿入喉，润泽心肺，心神激荡，不忍释手。

倘若还有来生，我必定还要选择“酒乐人生花间去”的生活。

我是一只来自北方的鹤

鹤·向往

秋风渐起，秋叶飘零在枝头，萧瑟地叹息。

秋雨连绵，扑面而来，簌簌地，惊落一地菊黄。

我徘徊在北方的湖畔，感受着来自大自然的薄凉。

我注定就是一只鸟，一只必须随季节迁徙的候鸟，尽管人们冠我以“仙”，但我清楚我不是仙，我必须经受风雨的洗礼。如今我已羽翼丰满，肌群健硕，长成一个铮铮铁汉。

我要飞翔——这是我一生的使命！

向着远方——那里有我爱的姑娘！

天高云淡，雁阵起航。湖畔草枯，水光潋滟，是我不舍的眷恋。此刻，云蒸霞蔚，碧波微漾，我的骨骼嘎吱吱作响，高飞引吭，问苍穹：何处是我向往的天堂？

众鹤齐唳：飞吧，飞吧！在天之涯，在地之角，在水之畔，那是我们祖祖辈辈既定的方向！

我分明听到一种召唤，缥缥缈缈，潜进睡梦，渗入血液，将我的魂魄，紧紧攫住——来吧，来吧！这儿芳草斜阳，水域宽广，无边无际，浩浩荡荡。

湖，是你吗？给我的梦境一片明净，给我的心野一片阳光！

湖，是你吗？万籁俱寂时，是你的呢喃变得逐渐响亮！

湖，是你吗？我甘愿跋山涉水，日夜兼程，千寻万觅的地方！

你凭借季风捎来密语，你仰仗寒流送来信笺，你频频邮寄着你的思念，你煽动我灵魂深处的渴望！

天空没有路，远方有多远？

不再犹豫！向着太阳高悬的地方，一路向南，向南。

用头颅锁定航向，前进！用翅膀划开曙光，前进！

湖 · 等待

许多年来，我一直坚信：你，就是天上飘落的一团白云！

你优雅着我的梦，你激荡着我的心，我愿意就这么深情地等待！

我凝望苍穹，渴望你高贵的身影；我凝神闭眸，描画你遗世独立的“仙”韵！

我等你从远方踏歌而来，涉水而至；我等你撩开黑白分明的裙裾，于水草丰美的草甸，开启一场盛大的舞会。

等着你啊！我飞翔的精灵，健壮的王子！等你清亮的眸子，投进我粼粼的湖心。等你红艳的鹤顶，点燃我深藏的激情！

为你的到来，我积蓄了最纯净的一湖碧水，我准备了最温暖的一片草滩，你可以尽情嬉戏，你可以自在游玩。

秋阳正好，我的心却柔波婉转。

我的鹤哟，你可听见我的呼唤？

来吧，来吧，这儿芳草斜阳，水域宽广，无边无际，浩浩荡荡……

我等你！等你迎着劲风，飞越千山万水，举着轻盈的双翅，奔赴我的邀约！

我会守候着你的降临，送给你一个完美的爱的殿堂。

降落吧，我的鹤，我的期盼！请记住我在彼岸，分分秒秒，思念你的模样！

鹤·缱绻

湖，我的爱！我来了，在这个暖暖的午后，抵达你的府邸。将你温情的目光披在身上。

我曾经风尘仆仆，风餐露宿，我曾经日夜兼程，奔腾跌宕，而今我结束了流浪，温暖地依在你身旁。

我将巢穴，筑在你柔软的心上。在白茫茫的芦苇丛中，我敛了狂躁，垂下眼睑，在你温情的怀里安静下来。

暮色四合，静静地躺在你的怀抱，践行着今世的约定，与你悄语低喃，倾出我的创痛，诉出我的忧伤，摒弃我的彷徨，憧憬我的梦想。

你爱怜地凝望，我分明触摸到你爱的滚烫，在静谧的夜里荡漾。

我沉入梦乡……许我一个真实的梦境吧！

夜晚，我愿收拢我的羽翼，静静地陪你；到天亮，请让我迎着朝阳，拨开点点霞光，让爱恋的日子，每一秒钟都熠熠闪光。

呵！只要你喜欢，我愿意舒展我的羽翼，用我修长的腿，为你跳一曲恰恰或是伦巴；只要你喜欢，我愿意从秋夜陪你到春光；只要你喜欢，我愿意每一年，都在你的湖心上，纵情吟唱！

因为，你是我今生的向往！你是我挚爱的女郎！

老房子里的童年

再也无法承受梦境的折磨，我一定要回去看看童年的老房子。

其实距离并不远，离我所工作的这座城市，不过一个多小时的路程。一直没能成行，只因每每想起，就是一阵锥心的痛；而这种痛，随着年龄的增长，情感的叠加，愈加深入骨髓。

老房子只是中原一座普通乡村中的几间普通砖瓦房，房子四壁从地基起是砖砌的，上面一半是土坯墙，有山墙，有横梁，屋顶是青瓦；两间砖瓦房后面是两间草房。所谓的厨房，是凑着瓦房和草房搭的一个棚子……简陋至极！但就是能够攫住人的内心，让你在欢笑中疼痛，在疼痛中难受，在难受中向往，在向往中遗憾，在遗憾中升华，最终纠集成一种无法释怀的情绪！

父母亲都是有学问的人，听人说是“下放”到这里的。村子并不太闭塞，门前就是集镇，在那个不算小的村子里，父母亲也算是了不起的“人物”了。因为读过书，他们的“博闻广识”招人缘。记得很清楚，只要父亲在家，晚上便会有很多人到家里听他讲“外面的世界”，这时候屋子就显得特别狭小，父亲就会说：“走！到院子里去……”父亲天南地北、海阔天空地讲着，乡人便吧嗒着旱烟袋，或蹲或站，或干脆坐在柴火垛上，津津有味地听着，不时发出“嘿嘿嘿”的笑声。

而此时的我最是自豪，看看一院子的听者，都那么入迷，感觉自己的父亲最了不起。在众目睽睽下（也许乡人根本没注意我，只是自我感觉良好罢了），进屋为父亲冲一杯柳尖茶（那可是我清明节时亲自爬树捋下来的），父亲顺手接过茶缸，呷一口继续他的高论。

自小记性就好的我，也就把这些“见闻”当作炫耀的资本，第二天讲给村里其他孩子听，看他们屁颠屁颠围着我转，那份小小的得意就满满地占据了我幼时的心。自然也会在父亲闲时添枝加叶地讲给他听，比父亲讲得还带劲儿，手舞足蹈，眉飞色舞，那个夸张啊！父亲常常瞪大了眼睛盯着我，神情严肃地听一阵子，然后就憋不住开怀大笑：“我女儿不简单，将来没准能当个作家呢！”可惜父亲不在家的日子太多了，又去世得太早，他的很多知识我没能学到。

老房子是父亲设计的。最独特的地方应该是房子开了“过道门”，北墙和南墙正对着各开一扇门，这样夏天即便没有风扇，两道门敞开，穿堂风呼呼的，凉爽啊！于是就不用把席子摊在院子里，来躲避炎热了。只是到了冬天，北墙的那扇破门，就会钻进嗖嗖的寒风，屋里就像冰窖一样。母亲就拿了破布塞那缝隙，实在没招了，就把麦秸编成的垫子钉在墙上封门。然后在屋子里生一堆火，在火堆下面埋上小红薯，把黄豆放在火堆里，给我们烧豆子吃，烤粉条吃。

只听得“噗”一声响，姊妹几个就开始从火堆里扒找豆子，有些豆子会蹦出火堆，大家就欢呼猴跳地扑上去。母亲脾气不好，但这个时候，绝不会阻止我们的“疯癫”。一阵子闹腾后，小手热了，小脸蛋红了，嘴巴吃得黑乎乎，也全然不顾：有什么能比这更让人快乐呢？

夜晚，躺在屋子里，被子里一点都不暖和，外面的风吹过树梢，带着嘲弄的呼哨，拐着弯儿地扑打在窗户的塑料纸上。牙齿冻得直打架，母亲一边一个搂紧我和妹妹，最后还是挡不住寒，就起身，从床腿处取出一瓶“老白干”说：“这酒是给你爸留的……谁知道他现在在哪儿呢！来！咱一人一口驱驱寒！”

轮到我了，“滋溜”一口，啊！好辣！一股辣辣的热流自喉咙滑向肚子，我一边伸出舌头哈气，一边感受着那股火辣辣，一会儿便晕乎乎，在母亲的故事里进入了梦乡。

老房子的另一特点是在房顶有一块一尺长、半尺宽的亮瓦，这样屋子就显得亮堂多了。不知何时在亮瓦下面，有了一张做工精巧的蜘蛛网，“南阳诸葛亮，稳坐中军帐。摆开八卦阵，单捉飞来将。”哈哈！谜底不就是这蜘蛛吗？

母亲见我觊觎那蜘蛛，就告诫我：“蜘蛛可以治病，不准打它的主意！”可我偏偏好奇，想知道蜘蛛肚子里到底是什么东西？邻居狗蛋儿说要是把它肚子割开，里面的丝线可以粘知了；对了，我要是把它捉住，在门口有蚊子的地方结一张网，晚上就没有蚊子叮咬了。好处既然这么多，逮住它！主意已定，立刻行动！叠桌子摞椅子，能够着了，我拿一个广口瓶，小心翼翼对准亮瓦处的还在梦中的蜘蛛迎上去，“砰”一声，瓶子撞响了亮瓦，同时大蜘蛛跌进广口瓶，“逮住啦！”一高兴，脚底一空，跟头流水地栽下来，好在是小孩子，只蹭破点皮儿，无关紧要。

爬起来兴高采烈招呼一群小伙伴，看我解剖蜘蛛。有点怕，但心想：只当是医生给病人做手术！用小刀子割开蜘蛛肚子，一股混浊的水儿冒出来，蜘蛛八条腿乱蹬，我手一哆嗦，蜘蛛趁机飞快地爬开，我大喝一声：“哪里跑！”一脚上去……

哎！怎么踩这么准！看着活生生的蜘蛛变成一摊黑水，懊悔不已！悻悻地回家，还好母亲没发现，心里顿时松了一口气。但没过多久，母亲给村人说的土方子里用到蜘蛛，回来一看，蜘蛛没了……最后这顿打还是没逃过。母亲拎着擀面杖围着老房子追了我好几圈，最后还是爬上屋前的楝树才少挨了几杖。

老房子后面是我家后院子，非常大，鸡笼盖在院子西墙边。大公鸡被阉了，领了一群小鸡雏，母亲吩咐我看管鸡，由于贪玩，就没留意，晚上清点，少了一只，遍寻不着，母亲心疼鸡子丢了，狠狠给了我一耳光；第二天，又丢一只，这次母亲赏我一通无影脚；两次挨打后我生气了，死死盯着鸡群——非要查个水落石出不可。

好久，一只大个儿老鼠鬼鬼祟祟靠近鸡崽儿，咬住一只就跑，小鸡无助地"叽叽"着，我冲上去时还是迟了一步，老鼠进洞了……洞口就在老房子东边墙角处。我顺手操起砍柴刀，架在洞口之上，等老鼠出洞劈之方解心头之怨气。

不久胳膊酸了，忍着；眼睛酸了，泪水都流出来了，还是不眨眼！我等！我等！我等等等！终于，老鼠探头了，"啊！"我大叫一声，手起刀落，老鼠被拦腰斩断！母亲回来后，看着血淋淋的大老鼠，惊得半天没吭声，她跟邻居讲起这事，不无感慨地说："听过《李寄斩蛇》的故事，没听说过'玉儿斩鼠'吧！"

现在如果让我斩鼠，还不如要了我的命，也不知道当时哪里来的胆量！

老房子旁边种了一棵桃树，结的是毛桃，桃子虽然不大，但很甜。我喜欢这棵桃树，主要是因为春天来时，满树粉红，像九天彩霞飘落在我家院子，东风吹，花纷飞。记得那时的我刚读了《黛玉葬花》，就也裹了条被单子当裙子，拿根竹竿一头系上一个小篮子，"袅袅婷婷"（其实是扭扭捏捏学着戏台子上黛玉的样子）碎步移到树下，叽叽哝哝一通（我自己都不知哼唧的什么词），就拾起花瓣来，手脚利索，一会儿就捡拾了很多，开始葬花了，葬在哪里呢？对！葬在枣树下，这样来年结出的枣就有股桃花味啦！到时候母亲就会夸我太聪明了！事实上，来年的枣只有我能吃出桃花味，哎！这帮傻瓜！我只能对他们叹息。

老房子后院那棵枣树，年年都硕果累累。从青蛋蛋儿长到红通通，枣子逐渐成熟的那段日子都让我兴奋，青了没关系，煮着吃肚子就不会发胀；红了就晒干，过年包枣馍吃，平时熬米汤时放几个，都是最好不过的了。可以说，这棵枣树是大功臣，让我们过了嘴瘾。

院子后面，是大片的槐树、椿树，四月来临，槐花香甜的滋味飘进了梦里，冬季把椿树的叶柄收集起来，烤火时叭叭直响，多么悦耳！

还有我喂养的那只叫“虎子”的巴儿狗，成天围着我转悠，除了看家护院，悠闲时就蜷在老屋的房檐下，慵懒地眯着眼睛；我若是给它挠挠痒，它会一动不动，把眼睛全闭上，享受着我的亲昵和爱抚。

在老房子里消逝了的日日夜夜，好像复苏了的亲人，接二连三地扑到我面前……我刻意要躲避，它们就挤进我的梦里，拿一把时光的锤子来敲击我的胸膛，一下，两下，三下……只敲到我全身都随之颤抖，抖到我不能呼吸——为什么年纪大了，回忆到的都是儿时的镜头！

那年冬天，一辆大卡车拉上了老房子里所有的东西，离开了那座村庄……我记得院子里那棵桃树已经光秃秃赤裸在那里，枣树枝子上有一个个突起的疙瘩，也已经是赤条条了，在风中摇颤着它们的干瘦和彷徨；我的“虎子”从开始装车就烦躁不安，紧紧跟着我，时而哼哼一声……我那时六七岁，围着老房子里里外外看个不停——心中满是不舍，我不想到什么城市，不想！

卡车启动！虎子好像意识到了别离：撒开四条腿，向着卡车扬起的尘土追来。

“虎子——我要虎子——”我终于大哭起来，起身就往车下跳。母亲像缚小鸡一样抓牢我。虎子在跑，越来越近了，还是越来越远了？我泪眼模糊，大哭着挣扎。

等我醒来时，已经到了这座城市！

我的虎子，那只两年跟我形影不离的巴儿狗，那只调皮、勇敢、淘气的巴儿狗，在我走后被亲戚牵走了。据说在一次“狗斗”中，一狗勇斗四敌，耳朵被咬掉也不屈服，最后力竭而亡，被亲戚葬在一个叫张营的地方了。

啊！如今我的确是住在了城市，脚不沾泥，鼻子里嗅不到草叶的香味，闻不到老房子里的泥土气息，举目一望，到处是一幢幢“蜂巢”，一条条僵直的大街和小巷。某夜我突然惊醒，瞬间我不知身在何处，好久才明白，我是到了城市里了，心中无限惆怅。

我再也听不到雨滴沿屋檐落下的滴滴答答的声音了，再也望不到风摇桃花纷纷飘坠的风景了，甚至再也听不到蟋蟀或者蚯蚓的草间吟唱了，看不到小蚂蚁雨前排起“长龙”队伍搬家的壮观画面了。

夜！静得可怕！静，是需要衬托的，不然就是死寂！我这才明白，当我离开某些美好的东西时，我随之失掉了我无穷的生活情趣——那原本是大自然对我的厚赠啊！

老房子墙上那斑驳的痕迹，像饱经沧桑的老人，无言地慈祥着它的面孔，等待着我的归期——可我竟然一去二十多年没再回去。

如今我终于回来了，可是，可是，老房子在哪里呢？在老房子的原址上，已然矗立着一栋小楼——这地方已经低价卖给别人了！

我伫立着，内心疼得颤抖：那个曾经装满笑声的小院子是多么可爱！儿时的我，喜欢种上一大片指甲花，喜欢把手指甲和脚指甲包得红艳艳的；喜欢院子的墙头上开满丝瓜金黄金黄的花儿，还有紫薇薇的牵牛花总是和丝瓜比赛着开花，葡萄藤尽管也结果，但从来都没在成熟的季节捧出熟了的葡萄，早被馋嘴的孩子们在青涩的时候就摘干净了，不过这丝毫不影响我们对来年葡萄的期盼。还有那翩飞的蝴蝶，常常逗引着我的爱慕，见了就追，可总也追不到；蜜蜂嗡嗡着，那声音真是世界上最美的了……偶尔一声狗吠，啊！虎子？我惊疑地四处观望，却不是我“心爱”的那个！

那样的景物，我到哪里去寻？我为何要离开它搬到钢筋混凝土构筑的匣子里？

理由当然有，在距离这座城市百里之外的那座村庄，夏天蚊虫就像小型轰炸机；一下雨，地上的泥巴跟你特别亲昵；挑水要到村西头……然而如今回想起来，这些又特具吸引力，因为它们承载着我的喜怒哀乐，铭刻着我的生活经历，我怀念着在老房子里的童年！

呵，我可爱的指甲花啊，你们就在我梦境里生长繁衍吧，在你繁茂的汁液里，有我对你的呵护；我那美丽的桃树啊，你也在我梦的土地上开花结果吧，你的乳浆里保留着我的记忆；葡萄啊，就尽情结出一串串的玉珍琼珠，我会耐心等到成熟；在月白风清的夜晚，秋虫啊，浅吟低唱吧！只要偶尔有一回让我听到，我就会欣慰的！

我知道，人不能只生活在过去。只要你前进，总会有东西被抛弃！舍不得告别过去，就无法开辟新天地。

老房子消失了，老房子里的童年却成了永恒的经历！我会在心灵辟出一块田地来安置你，让我在每个梦转峰回时，深深地凝望你！我会把爱意和真情融进土里，去温存地滋养你；我会把我的血脉和你相连，嵌在你的砖瓦缝隙中，只要在我想你的时候，你会敞开胸怀接纳我。

大师的书屋

龙老大师，是我的文学导师。学生时代发表的一篇散文，无意中被他看到，他通过《青年时代》编辑部找到了我，还亲自给我写信，指出那篇散文有待提升的部分。此后在他的引领和教导下，我的一篇篇散文在云贵高原的几家文学刊物上扎了根。

从此，我不可救药地爱上文学，也许来自大师无意中的一句话。他赞誉我的散文已经形成了自己的风格——清丽、优雅、积极、向上，并诚邀我去仁怀参加一次大型笔会。在一个暑假，我经过长途奔波终于来到了贵阳，见到了在诗词方面才高八斗的龙老大师，并且有幸和几个文友一起去了他的书屋。

之前读过大师寄来的很多书籍，那时虽然年少，不甚全懂，但凡有疑，大师必详解释义，透过他的文字，读得出那是一颗孤傲的心在清风明月间吟唱，读得出那是一种精神在物欲横飞的年代正义的呐喊。大师说自己的藏书两万册有余，那该是多么庞大的阵势！于是常常让我想象书屋及其周边环境。

天空是日月星辰的位置，大地是江河湖泊的位置，枝头是花朵绿叶的位置，窗户是万家灯火的位置。行走在通往大师书屋的路上，我想，幽林小巷——该是龙老大师书屋的位置吧？因为只有远离市廛，才会嘈杂全消，才可以寂静安然，这样的地方才更适合素衣素心的书生吟哦美文，阅古览今，品评华章，遐思迩想；我想象着书屋前应该有座凉亭，亭顶盘根老藤，婆娑披靡，追云逐月，伸向碧霄；或者是耸立一棵古树，枝叶交错，遮天蔽日，撑开一片阴凉；书屋前也该有一块匾额，上面有某位书法家的墨宝——“紫藤书屋”或“龙斋品雨”之类的，这些墨宝应该拥有可以考证的命名依据。

不知不觉，就拐进一条巷子，推开了一所院子的木板门，暑期的燥热立刻被浓荫下的凉意取代，果然有藤蔓——是葡萄藤，枝繁叶茂，架下是成串成串的“水晶玛瑙”；也有“亭”，是用粗枝大叶随便搭就，摇摇欲坠的感觉，地上竟然只是土地，散发着泥土的气息。简洁干净！这是最初印象。

大师招呼我们进屋，五十多平方米的屋子，四面墙壁从墙角到屋顶全是书架，书架上都是码得整整齐齐的书；屋子靠窗处放一张大书桌，几摞书，笔墨纸砚，茶盏摆放有序；一张单人床、席子、枕头、毛巾被；门口盆架上有盆子、毛巾、香皂……这也太简陋了吧？书多是早先就想到的，简朴却是始料不及。

看我们一个个瞠目结舌，大师诙谐起来：“书中自有颜如玉，书中自有黄金屋，你们看看，我多富有啊！上可揽月摘下九天星，下可入地三尺找神灵，哈哈哈，一年还能娶回好多个‘新娘’……”边说边带着夸张的动作和丰富的表情，使你不由自主就被感染了。

大师兴致勃勃带我们看他的藏书，我却思绪万千。

我从中原的闹市，风尘仆仆而来，来赴一个遥远的约会，没想到一介国学大师过的会是这样的生活！这么多年以书为伴，孑然一身，是什么信念在支撑他呢？那位如玉的佳人一定是躲在哪本书的哪一页羞答答地静候着他吧？在清风徐徐，皓月当空的夜晚，一定会悄然走出为他红袖添香？或是在微雨霏霏，乱红飞过的黄昏，与他一同漫步在绿茵河畔？

大师讲述着书的来历："每月发工资的时候是最开心的，拿了钱就往书店跑，将早已物色好的'佳人'揽在怀里，如同娶回一位新娘，用自行车作花轿，以口哨作唢呐，散布大街小巷的花木、盘旋空中的飞鸟就是最壮观的迎亲队伍……"看着大师眉飞色舞的神情，却蓦然有一丝感伤，难道真就没有一个能和他一起品读倾谈、相依相偎的爱人吗？

书架上古代的、现代的、国内的、国外的著作，如同春日里绽放的百花，红、黄、蓝、白、紫，琳琅满目，沁人心脾，恍惚间，我就变作流连花丛里的蜜蜂了。不管是春风桃李花开日，还是秋雨梧桐叶落时，这间书屋都会桃李芬芳、绿意葱茏——大师的思想四季茂盛！在每一个晨昏，他的目光在四四方方的文字间穿行，灵魂在文字的国度激越飞升，信念在唐诗宋词的意境中翩翩起舞……一本书是一片芳草地，一屋子书就构成了辽阔的草原，无垠的大海，听任思想的野马纵横驰骋，乘风破浪！

藏身书卷的龙老大师，让我想到了那些与书为伴的人：采菊东篱下的陶渊明，红泥火炉边的白居易，叼着烟斗的鲁迅，擎着灯光的巴金……他们纷纷踏歌而来，为瑟缩的人们驱走寒意，贴近温暖，为受伤的心灵修补创伤，抵御冰霜。

我还想到了大师曾经犹豫着跟我借钱，想要再出几本书，遗憾的是那时我还是学生，对老师的求助无能为力，想想这个把每月工资几乎全用在买书上的大师，我竟然出主意让他先写几部迎合尘俗的书，换来稿酬后再出自己的"真经"……当时大师在电话里，冲我狂吼："你知道什么叫文人吗？知道什么叫文人的操守吗？那会毁了我一世清誉！"那吼声振聋发聩，我的脸被烧红了，那吼声从青春年少一直响到现在。

我仿佛一下子长大了，我听到的不是吼声，是旷野的风声、江水的涛声、悠扬的晨钟暮鼓声。

摊开书本，徜徉在文字里，常常会有所思，文字之于我们，到底在传承着什么?

商潮滚滚，利浪滔滔。放眼天下，环顾四周，摩天大厦中，人们浓妆艳抹，灯红酒绿，纸醉金迷，骄奢淫逸；而一袭青衫，素面朝天，带着朝圣之心为书为文，安于静谧，传承国学的人有几个？如同脱离土地的五谷，背叛山涧的溪流，读书人一旦被叫卖声、喧哗声包围，就再也品咂不出书里散发的芳香了。

这么多年过去了，大师的书屋还常常在我眼前出现，那书香还萦绕在鼻翼，那笑声还响在耳畔，我觉得这是该珍藏的，一同珍藏的还有那份文人该有的思想。

“野草”舞春风

四川成都之鱼凫古国，历史悠久，文化繁荣，人杰地灵，民风淳厚，处处萦绕着淳朴软语，真情厚谊，洋溢着书香、墨香和心香。这里的杰士俊才，可谓“人人抱荆山之玉，家家藏灵蛇之珠”。我于无意间走入网络，有幸在诗词楹联群里认识了这棵独特的“野草”。

平心而论，这世上活得轻松的人实在不多见，到处都是浮躁的人群：为辣椒不辣，为苹果不甜，为物价太高，为地沟油，为毒奶粉……人们言来语去，心劲儿不可能不浮躁。可就是有这么个人，他可以以一颗平和的爱心去关注眼前的人和事儿。

“野草”的诗词雅致、深沉、含蓄、隽永、丰富、理性，让人流连忘返，不忍释卷。它们似一泓澄澈的幽潭，微波涟漪处，明净宜人，引人深思，回味绵长。我读他的诗词并不太多，主要是工作原因没有太多时间光临那片种植着香草的艺苑，但凡读一首，总会盘桓心中多日，如美酒，时间愈久，愈加香醇。

“野草”的诗评言简意赅，入木三分，没有虚饰的夸耀，没有多余的逢迎。就是用心——一颗真诚的良善之心关注文本，关注文本后的人，洞察字里行间所隐现的“人性”和“人文”光芒以及喜怒哀乐，忧思苦痛。用一种平实的关怀温暖着网络里一颗颗易感的心，而对自己却很少提及。

一朵花就是一个世界，了解了一朵花的成长过程也就领悟了生命的意义，正如绽放的同时也是凋零的开始。对于众多要他修改的诗词，无论是一山一水，一草一木，片云滴雨……他都能就景生发，见微知著，以小见大，或用比兴托物言志，或用通感、象征、隐喻手法，遣词用语上参差错落，富有节奏，行于所当行，止于所当止。让人百读不厌！而对于那些婉约如水，素雅如风，空灵似月之魂，飘逸似山之影，晶莹而灵动的文字，他更能深悟其内秀，以一颗温柔的心去感知，继而改出充满灵性、理性与情感相互辉映的文字。

我多情善感，总是捧着一颗心谱写自己的见闻感受，文字中充满淡淡的忧伤，小小的哲思。虽文笔不济，但很用心地将悠悠世事，浅浅足迹，洒在网络间……令人感动的是，老师总能评得有声有色、耐人寻味。他对生活中所熟悉的貌似平淡无奇的事物，总能撷取一些意蕴深厚的意象，加以提炼升华，赋予人生哲理。

正因如此，我也丝毫不敢懈怠，自拜师以来，笔耕不辍，留下近千篇文章。老师手拿一条小鞭子，鞭打着我身上的惰性，使我不断地在文字中领悟，并潜移默化为一种崇高唯美的意识。

谁曾经说过，一个作家被美点燃，被美融化，他也便成了美的化身。我不敢说自己有可能成为作家，但在网络这片纯净的土地上，野草无愧为一名敬业的“园丁”：修枝、剪叶、浇水、除草……尽心尽力，尽职尽责，默默无闻……因而，他得到了更多人的爱戴，尊称他为——老师！

作为他的一名学生，我深感自豪，每日也都在感动中生活。借此教师节来临之际，我为老师写下这段寄语：

“一定有什么是可以留住的，像风吹过留下的种子，阳光洒过留下的笑容，善良经过留下的花朵；一定有谁在阳光的边缘守望，那些幸福的痛，温情的伤，燃烧的灰烬，殊死的生，抑或一片翎羽的翔舞，一滴露的照耀，一弯月光的清澈……”

作为受过野草老师教诲的学生，对他所留下的，所守望的，可谓受益终生啊！他擎着一颗博爱之心，坦坦荡荡行走在网络之间，不管虚实真假，只求问心无愧，野草舞春风，他定然会活得洒脱，活得有滋有味。

妹妹我坐船头

下午放学后天色尚早，听说解放广场有书展，图书都打折。“买书读是世上最划算的事。”想到一位熟悉的作家说的话，就更要去选几本可心可意的书了。

到了解放广场，把电车存好，看车人告知：最迟晚上七点推走。买了几本书后，我穿过滨河路，下到湿地公园，绿茵茵的草坪，轻舞飞扬的垂柳，盛开的鲜花，即便只是沿河边走走，放松一下，也是一种极美的放松。

此时，夕阳无限好，红艳艳的车轮般悬挂在远处摩天大厦顶端。河边的花草树木被夕阳镀上了一层橘红色的光泽，河面也铺上了一层薄薄的金亮亮的绸缎，在中原的深秋季节，这景致倒是少见。于是喜不自禁地观赏起来，却意外地发现一个奇怪的现象——往日游船把河面摇晃得热热闹闹，此时却一只船都没有。虽然河水比平时明显浅了些，靠近河边处还堆积了许多漂浮物，但丝毫没有影响到我的兴致，突然萌生了一人独享白河的念头，且一发而不可收。

于是沿河岸寻找船家，终于看到一家码头有人——是个瘸腿老伯。他说白河在放水，水要是全放完得到后半夜，现在是可以划船的，但不能靠岸边划。一番讨价还价后搞定，“电动船——一小时五十元！”

喜滋滋上船，熟练地将船开到河中间，沐浴着夕阳的余晖，一路西行。面前是仲景大桥，船儿灵巧地穿过桥洞，哗！眼前豁然开朗！夕阳已隐去了小半边脸，远天一抹绯红，映在似乎静止不动的墨绿色河面上，河面没有波纹，平静如一面幽深的魔镜。船行进中，只听见马达的轰隆声。岸上、桥上声息全无。船尾漾起一层小小的波浪，宁静地涌起再散开。

这份宁静——隐于都市的超然，真是难以寻觅！多美的独享！暗自庆幸把握住了时机。眉头舒展开来，只要船舵方向不错，就只管前行吧！在接近彩虹桥时，天色已经暗了下来，“啪”的一声，几座桥上的霓虹灯亮了起来，五彩斑斓，映入水中，流光溢彩，仿佛在面前竖起一道七彩屏障，立体的，从上至下，美轮美奂，曼妙无穷。呵！刚才还在叹息夕阳的毁灭，现在立刻燃起新的希望，我迷失在灯与影的世界。

不觉间，船已过彩虹桥，频频回首，顾盼流连，渐去渐远中，水中的小岛呈现深黑色的轮廓，白鹤、鹭鸶等众多的水鸟也已安息，见不到它们袅娜的身姿在空中翻飞。岛上闪烁着幽蓝的光晕，蒙上了一层神秘的面纱。

白河北岸，靠近我所居住的这座城市，此刻也华灯辉煌了。临水的垂柳暗影中灯光依稀，想必有不少人茶余饭后在那里漫步吧！呵呵！白河任我游，独享白河的惬意谁人能有？前面是卧龙大桥，在距离它五十米处我关了开关，船静静地，像嵌在水中一般，周围静得能听到自己的呼吸。夜观卧龙大桥雄伟壮观，缀满霓虹灯的桥身横贯河面，宛如巨龙，随着灯光的流转，这条龙就好像游动起来，令人叹为观止！

担心船上电耗尽，不敢再远行，所以拨转船头，逆流返航。若不是两岸做参照物，真感觉不到船在动。河面飘来一阵小风，微凉，这是中原深秋的特点。再次穿过彩虹桥，船明显慢了，但不急，反正有时间，慢点就慢点吧！可是船越行越慢了，才猛然想到白河在放水，好在前面一百米处就是仲景桥了。

突然方向盘失灵，船在水中转起圈来，四顾张望，只见不远处，有一条窄长的渔船，有人用绳子拖着，往月亮岛方向拽，水居然没有漫过渔人的膝盖。啊！水这么浅？我疑惑地看看自己的船周围，依旧是黑绿的水。我继续开动开关，旋转方向，但是徒劳，船纹丝不动！不会吧，难道电动机缠到渔网了？心里一犯急，就想赶紧离开，于是使劲儿拧动开关……哎呀！仪表盘不亮了！正诧异，突然闻到一股焦煳的味道，船会不会爆炸？！难道我要命断白河？我环顾四周，万家灯火，我还有很多梦没有实现呢！还没有游遍名山大川呢！哎！我若真的随着船的爆炸灰飞烟灭了，我的同事们会不会流着泪叹息？猛子会不会召集全组的老师商量给我送副挽联？好友田妞顺利升级了，邀请我们聚会唱歌，她们听不到我新学的《水韵江南》了，还有我还刷了卡，家人替我还账时不知道密码怎么办？此时会不会有人正好站在仲景桥上，像我平时那样举起相机，抢拍下火光冲天的一幕？明天的《晨报》上会不会这么写着："昨晚六时半，一女在白河划船，船毁人亡。"一时间百感交集，手脚也就冰凉了。

时间过去多久了？不知道，但船却没有爆炸！"嘘——"长出一口气，开始后悔上船时没有留下船家的号码。船上应该有吧？借着手机微弱的亮光，终于在顶篷处找到了一串电话号码。

"是船家吗？"

"是！看到我家的船在河中间，我就往码头跑，拼命喊，可是你已经过了桥。我沿河跑了一截，愣是没叫住你……"

"为什么叫我？"

“白河放水了啊！船都停游了！会搁浅的！”

“不是说要到后半夜才放完水的吗？”

“嗨！给我看码头的是我雇来的，他除了知道赚钱还懂什么！”

“啊！是这样！我，我现在真的搁浅了……怎么办？”

“还能怎么办？自己下河推船吧！只有把船推到稍微深点的地方，别耽误时间了，水落得很快，否则真走不了了！”

一听这话，我不敢怠慢，撩起裙子，脱掉长筒马靴，褪掉袜子，光脚丫伸进河里，刚触到水顿时缩了回来，水太凉了，我倒吸一口凉气后，还是狠下心来下到河里，触到河底的淤泥，滑溜溜，软巴巴，黏糊糊，受不了这种“温柔”的亲密接触，却也无可奈何，这就叫乐极生悲啊！

好不容易在河里站稳，颤抖着双手扶着船舷，俯下身推船，“嗨——哟——”糟糕！船一动不动。再吸气用劲儿，还是不行；几个来回，气喘吁吁了……

偌大的白河，就我一个弱不禁风的女子在推搁浅的船只，“吭哧”半天不动一下啊！悲剧啊！我失望地再次拿出手机拨打，船家问了情况后，没好气地说：“你等着吧！”

漫长的等待，呆呆地站在河水中，风不失时机地过来凑热闹，冷飕飕的，河面的波纹鬼魅地闪着幽光……感觉过了半个世纪，船家终于出现了——一个四十来岁的精壮汉子，光着膀子，一手拿绳子，一手拿竹篙，远远地涉水而来，一脸的不悦，我也满怀愧疚。

船家查看了一下船，说：“电机烧了，还缠了渔网，早知道该拿把刀了。现在拽都拽不掉！”他吩咐我和他一起推，这时候哪里还顾及什么淑女啊，风度啊！攒足劲儿死命地推……船动了……再推再推……感觉把我一生的劲儿都用尽了，船才被推到稍深点的河段，船家弯下身子把手伸进在水里，肩膀都浸在水里了，费了好大劲儿才把渔网拽出来。

船缓慢移动，看看水已经到大腿了，我怯怯地问：“船家大哥，我可不可以先上船？”他看了看我，态度缓和了些：“上去吧！”

船家利索地把绳子系在船头，把另一头往肩上一搭，弓腰向前拉起纤来……此情此景，脑海里居然恶作剧般冒出一句歌词：“妹妹我坐船头，哥哥在泥里走……”呸呸！都什么时候了，还浪什么漫，乐什么观呢！

船家嘴里嘟囔着：“我的电机，昨天下午才换的……哎！倒霉啊！”

为了打破这尴尬，我没话找话地和他攀谈起来，想缓和下气氛，免得上岸后被“宰”得太惨啦！

绞尽脑汁讲了几个典故和笑话，船家不那么恼怒了，苦笑着说自己在河边泊船十来年，从来没有给人拉过纤；我说这辈子第一次被搁浅，从来没有推过船。行进中我没忘问：“电机烧毁了，船会不会爆炸？”他说：“没试过，也许会吧！”

我问他冷不冷？他说要不你试试？我吐吐舌头。“得赶紧回到岸边，否则水见底了，船会陷进淤泥，八个人也抬不动呢！”

终于到了岸边（别人的码头，取近路走），我上岸，船家说：“电机烧了，你看着给钱吧！”我赶紧讨好说：“船家大哥劳心费力的，给1000元也不多……不过我今晚就拿了三张，刚才押金一张！”一阵冷风，船家打着哆嗦说：“再留一张，你走人吧！”

“谢谢您，船家大哥！”我是深深抱歉啊！简单冲洗掉两脚污泥，穿戴好，一看手机：“哎呀！七点半！乖乖，我的电动车还在解放广场南门口呢！看车的人走了吧？”

穿着高跟鞋跑不快，干脆脱下来，一手拎一只，撒开腿跑吧！五百多米的距离，穿过十字路口，远远看到空地上就我一辆电车，看车人正坐在上面东张西望呢！

冬季陪母亲晒太阳

母亲八十高龄，多病缠身，加上眼睛近乎没有视力，一个人住在小区的六楼，饮食起居诸多不便。平时我工作繁忙，纵然想多陪陪老人家，也是分身乏术。母亲虽然孤单，但天性要强，怕耽误我工作，始终不肯让我陪她住。

但我知道，冬日的太阳，是她最渴望的。阳台上的阳光，那是隔了窗玻璃照进来的，虽然有些光亮，但不充分，似乎也没有温度。所以，母亲情愿气喘吁吁下楼，慢吞吞走到小区东边十字路口，坐在一家银行门口的台阶上，去晒那薄凉的太阳。

有好几次，我周末去陪母亲，看到坐在台阶上的她，孤零零的，佝偻着背脊，茫然地东张西望。母亲原本一百五十斤的身躯，如今瘦得跟我一样只有百十斤，一想心就痛了，鼻子一酸，泪就滑落下来。我呆呆地站在她身边，很久她都没发现。我平静了一下，轻声呼喊："妈！"她立刻就满脸喜悦，朗声答应着站起来。跟刚才那茫然的表情，简直判若两人。于是陪着母亲，慢悠悠上楼回家，说说笑笑给她打扫打扫屋子，改善改善生活。

陪伴母亲的时候，她是开心的，不停地说着陈芝麻烂谷子的事儿，似乎要把憋了几十年的话都说完。我收拾屋子，她就孩子似的跟着我这屋跑到那屋。我一边埋头包饺子，一边埋怨她不舍得吃喝，不经意间抬下头，看到母亲脸上流露出讨好的神情，心里很不是滋味，母亲年轻时绝对是家里的“武则天”，霸气十足，如今老了，迁就儿女们，人也温和多了。

上周我因为突然生病了，周末没有陪母亲，又怕她担心，就打电话撒谎说到外地学习去了。她安慰我说：“机会难得，好好学！我周末刚好有个老姐妹过来玩儿。”我知道她也在撒谎，她哪里有什么老姐妹啊？她就是不想让我担心。

一周后我康复了，早晨一起床，哈，满世界的阳光，心情大好。给一个朋友打电话：“要是有空，能请你给我当司机，陪老妈出去转转吗？”“好啊！我把老妈也带上，她们有共同话题！”朋友很爽快就答应了。

车来啦！母亲小跑过来上车，欢喜之情溢于言表。两位老人坐在后面，很快就拉起了家常。迎着朝阳，小车披着满身的光亮，向城外出发了。车不疾不徐行驶着，大道上路人车辆都不多，宽阔干净，两旁树木沐浴着阳光，叶子金灿灿、光亮亮，衬着蔚蓝的天，透明纯净，在风中呼啦啦地欢唱。车内的两位老人，似乎并不在意车外的风景，只顾着说话，仿佛是多年的故交。

出城了！冬日的郊外，田野里并不荒芜寂寥，新种的麦子已经齐刷刷出苗了，绿茸茸的一层，如同铺在黄土地上的绿毯子。菜园子最热闹，蒜苗、芫荽、菠菜、萝卜缨，绿意盎然，层次分明，绝对让你眼前一亮。那一片片的月季园虽比不过春天的繁花似锦，但花儿依旧姹紫嫣红，芬芳娇艳，为冬季空旷的田野绣上了一块块五彩锦缎。风拂过，花叶摇曳，仿佛是彩色丝巾飘落，舒展着极致的动感与美艳。不时还会看到火焰般燃烧的枫树，金灿灿迎风摇曳的银杏树，心情就舒畅了。

距离市区四十公里的鸭河水库，水域辽阔，碧波荡漾，虽然没有了往日喧嚣翻飞的水鸟，岸边却有几只活泼的喜鹊蹦跳着，忽飞忽落，喳喳叫着，此起彼伏，呼朋引伴。高大的白杨树枝头，凋零的叶子间还有麻雀的灰色身影灵动地掠过，成群地嬉闹着，让寂静的郊外多了几分生气。

我们下车，慢慢行走在大坝上。母亲的眼睛只是通点光，看不见周围景致，我绘声绘色给她描述着远山和近水，她像个听话的学生，沉浸在想象中。阳光慷慨地洒在我们身上，我握着母亲的手，一如年少时她用温暖的手握着我的手一样。

因为病着，母亲走不了多远的路，但是她知道我爱大自然的风景，就坚持说自己不累，非要多走走。带着暖意的微风，吹动她银白的头发，那是岁月沉淀的色彩。母亲的脸上洋溢着慈祥的笑容，一道道皱纹似乎被这冬季的暖阳给熨平了许多，往日黑黄的脸色，有了金子般的光泽。

母亲突然挣开我的手，要自己走，“看得见吗？”母亲直接忽视我的担忧，她说：“前面的路亮堂堂的，还会摔跟头不成？”我松了口气。母亲接下来的举动让我们大吃一惊：“这里没外人，我想唱歌！”

“欢迎尊贵的余女士，为我们倾情演唱。”我拿腔拿调地宣布，同时鼓起了掌。

我们找了一块软绵绵的草地坐下来，母亲精神抖擞地走了一圈台步，唱了一首我从未听过的《梁山伯与祝英台》的戏剧片段，我惊叹的是这么多年竟然不知道母亲会唱歌，大段的唱词还记得这么清楚，更没想到她竟然还能带上恰当的戏剧舞蹈动作。

看看朋友，他早就把嘴巴定型为“O”，也许他也想不到老年人真的可以“返老还童”。哈哈，更想不到的是他母亲看着听着，竟也忍不住伴起舞来，《十八相送》被这两个白发人表演得惟妙惟肖。我和朋友把巴掌都拍红了。

母亲就是“人来疯”。她唱黄梅戏《夫妻双双把家还》，做最后那个动作时，身体失去平衡，歪倒在草地上，索性高喊：“我给你们打个马车轱辘！”立刻摆好架子，“不行不行！这个动作会闪了腰……”我慌忙阻止，其实我想说的是，“也不想想自己都八十岁了！敢这么胡闹吗？”怕扰了她兴致，后半句咽下去了。我深知她的脾气是说到做到，哎！由着她吧！她翻了一个，当然没有年轻时候的完美，却也说得过去。我赶紧打岔：“妈，来一段豫派脱口秀！”她一听，立刻“换台”，朋友连连夸赞：“余老师，口才果然了得。”

不知不觉，已近中午，母亲兴致不减：“今天真是疯了我！”该吃午饭了，母亲只好作罢。

我们来到鸭河水库对面的“蓬莱仙岛鱼庄”，不说这里有多么敞亮，单是一院子的阳光就足以令你欢呼雀跃，淡淡的金辉像情人的小手轻抚着面颊，让你情不自禁把脸朝着阳光的方向仰起，无怨无悔地感受这冬日暖阳的抚摸。

我们把餐桌搬到院中，母亲面南背北而坐，阳光柔柔的，无私地、尽情地泼洒着温情的暖，她一脸阳光，像镀了一层光亮，眉梢眼角都是笑，银发里裹着太阳的七彩，一根根不像平日里那么刺眼了，显得那么精神抖擞。

朋友点了菜，柴鸡两吃、菠菜丸子、清蒸鲤鱼……我给两位老人沏上茶，母亲的话匣子就又打开了，不过这会儿说的可不是过去的“苦难史”，而是养生、食疗、益寿延年之类的知识。

饭菜上来了，色香味俱全，分量实在太大，最后都剩了一半。母亲一生节俭，当然是“吃不了兜着走了”。母亲乐呵呵地说：“三天都不用做饭了。”

吃过午饭，陪母亲晒着太阳唠着嗑儿。母亲性格开朗，喜欢热闹，年纪大了，却孤独一人生活。她常常叹息："我拥抱的是空气，你们都太忙啊……"今天，陪母亲晒太阳，小小的举动，却换来她满满的幸福感。想来，做儿女的实在愧疚，母亲陪我们长大，我们却不能陪她终老。

不知不觉近黄昏，黑色的鸦背驮着一轮橘红的太阳向西天缓慢滑翔，炫耀着最美的光芒。我们闻着泥土的气息，自由呼吸着草木的清香，道旁一朵朵金黄的小野花倔强地开在草丛里，鸟儿扑扇着翅膀归巢，大自然的一切都在无言地构筑着生命的精彩，生命的辉煌。

我搀着母亲迎着夕阳而立，阳光善解人意地为我们留下相伴的剪影，烦躁的心在它温柔的抚摸下，变得空旷，变得平和，变得温馨，不再恍惚，不再奢望，不再幻想，无形中它赋予人一种"安之若素"的智慧灵光，也给这荒芜的冬日涂抹一道美丽的色彩，这便是人世间最为亮丽的风景。

冬日的暖阳，是明媚的，是灿烂的，是严寒里一分热，严冬里一枝花，给人温暖，给人芬芳，仿佛置身于春天里。我们相伴伫立的身影，多了一份亲情的陪伴，多了一份岁月的安然，多了一份亲切的关爱。对于我，是对娘亲的尽孝——妈在，家就在；对于母亲，则是一缕沁人心底的暖意，一种沧桑一辈子后的安逸，一股透心入肺的温情。

我清楚地知道，属于母亲的冬季越来越少，但我在冬季一定会多带母亲晒太阳。

后记

2015年春节，我和文友行走麦田用了三个月的课余时间，终于将我们的部分文章合集，在文友李俊辉的帮助下，在五月出版了《行走天地间》，并有幸得到了寒川子先生和贺绪林老师写的序。过后的三年，一直忙于工作和日常生活琐事，写作甚少。没想过会在今年这么紧迫的半月时间里，能把平时在报刊上发表过的和新写的一部分文字整理出来，出一本专属于我的散文集。

这都源于祖克慰老师的鼓励，如果不是他的欣赏和推荐，估计就算再过几年，我还是不可能出这本散文集。总觉得我的文章没有深度，不满意，还得学习。但是越是读书学习，越觉得自己水平太低，就越发不敢出书。

我曾读过一篇博文《是作家的请举手》，博文里说："如今作家多。报纸杂志发表过文章，入了一个作家协会，自然便是作家。若出过一两本书的，那就更牛哄哄的是作家了。中国如今有多少作家呢？不用统计，你看看一年出版多少叫书的东西就知道了，铺天盖地的书，多如牛毛的作家。”说中国作家多，可能就是“自命为作家”的多吧。

“是作家的请举手，让我们看看。”这篇带有讽刺味道的博文，让我深思，我只是个小小的老师，教书育人是我的职责，当作家只是梦想。通往梦想的路还很漫长！在这个世界上，我对两种人心存敬畏：一是兢兢业业在田里劳作的人；二是一个心存良知有知识的人，我对他们既崇拜又敬畏。一个能把真、善、美传播出去的人，是伟大的，能把人文历史留存给子孙后代的人是伟大的。

我敬慕的作家很多，但他们与我在时空上很遥远。高兴的是在我身边的祖克慰老师，算得上一位真正的作家，他为人耿直，为文严谨。虽没有多么显赫的头衔，但他的文章很多被用作高考或中考试题。以祖老师为榜样，我有大把的时间可以去学习、去努力、去积累，我的目标，就是去做一个能把真、善、美传播出去的人。除了讲台，我应该还有别的途径。我不怕别人讽刺，只要我的文章能让人感受到一点美，或能从中悟出一点什么来，那我这篇文章就算没有白写。

我喜欢旅游，读万卷书、行万里路是我的追求。没有大量的知识积累是写不出好作品的，所以我不断地阅读。不深入生活也不会写出好作品，因此我常外出看不一样的自然山水和名胜古迹，感受不同风格的风土人物，开阔视野，从书本和大自然中不断汲取营养。

我把这些年外出旅游时的所见所闻以及所思所想记录了下来，写了许多游记。旅游也是学习的一种，学习是在书中旅游。自然和社会是无字的书，在旅游中仔细观察，悉心聆听、用心感悟，就能听懂自然物语，就能明白风俗人情，就能收获多多。

我在教育行业奋斗二十余载，虽然生活忙碌辛苦，但一颗初心不改。我把工作当作我的爱好，赢得了师生们的交口称赞。工作之余，就书写我的人生感悟，把自认为有能量的东西传播出去，辛苦并快乐着。但人是在社会上生活的，我努力让自己成为纯粹的“孩子王”。平时，我一边安心工作，一边静心读书，通过阅读不断吸吮各种养分。读啊读，写啊写，寄情于文，怡情于字。一篇一篇叠加起来居然有了百十万字。让我欣喜的是竟出了一本合集，也算是对我安心写作的一个回报和安慰。

尽管我常在文章里提到，人情练达皆文章，一个处世圆融的人是成功的，可我恰恰相反。庆幸的是，在他们眼里，我是一个真诚的人，有一颗至纯的心，尤其是在文学上！在他们看来，我还是一个可造的、对文字仍带有一颗至纯之心的后生。我仍然可以以一颗清纯之心守望一方文学晴空，甘受清贫之苦。在教书育人的同时，又能坚持自己的理想和兴趣，无疑是人生最快乐的事情。

写作增添情趣，阅读怡神静心，忍受得了寂寞，厚积才能薄发。写作的过程就是反思自己的过程，也是不断积累的过程。写作一定要热爱生活，多深入生活，感悟生活，有充沛的感情，有细致入微的观察能力，有丰富的想象能力，有真情实感，才能写出让人喜欢的东西。

我相信，这本书对我来说，是一个美好的开始，属于我的路将会越走越宽，我更希望在将来的日子里，我能多写些好文章，为喜欢我的文字的人，更为美、真、善而写！

这本文集的诞生，无数人默默无闻地付出了心血，为我的人生铺就了一条光灿灿的道路。人到中年，岁月的积淀，太多的感动充盈胸膛……情感所至，言出心声，默默行走在温暖的人间，留下一行行文字，尽管非常稚嫩，但毕竟记录下了那些日子里光鲜难忘的影像。

擎一份对生活的爱花间去，花鸟鱼虫，阳光河流，清风朗月，雪野水乡都铭心刻骨，思之念之感叹之，在许多个美丽的晨昏，深邃的静夜，生活的片段逐渐清晰……虽然岁月不再，但意识可以纵横时空，季节飞红，须笔三捻，是什么潺湲了时间，把我们度过的日子呈影像放映？在有时灰白，有时朗阔的情绪里，固执地盘桓着一些美好的印记。彼时，陌上花开，三千青丝婉约了江湖义气；此时，山水并程，一路相伴羡煞了纸醉金迷。

这本文集只是个阶段性的总结，没有最好，只有更好，我会不断努力，沿着这条文学之路，劈斩一路荆棘，栽下一路小花，为心而文，为美而歌。让自然的美景与灵动的文字结合，经过岁月的积淀与发酵，物化为那飞珠溅玉、玉润灵山的文字，陶冶人们的性情和心胸，这是我的目标。

情凝笔端花间去，不论是青涩的恋情、浓烈的爱情、淳朴的乡情，还是血浓于水的亲情，都将构成我散文作品的主旋律。我仍会坚持！因为，只有守得住清贫，耐得住寂寞的人，才有希望走进文学的百花园，享受到满园春色和芬芳的花香。如此，唯有花间去！

这本书之所以能在短时间内顺利成集，我得感谢我的几位良师益友，他们以不同的方式关心着我，或给予鼓励，或批评指正，我觉得我是天下最幸运的人。远在加拿大的寒川子老师亲自为我的书作序，老搭档高中英语老师行走麦田百忙之中熬夜帮我校了部分稿子，祖克慰老师更是帮我排序、整理文档，让我少走很多弯路……在他们的关心之下，我信心十足地写文章、改文章，努力做得更好，以此来回报他们，我想这也是我的友人们最想要看到的结果。